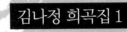
김나정 희곡집 1

김나정 희곡집

1

평민사

차 례

■   고등학교 2학년 때 연극반에 들어갔습니다. '유리 가면' 때문이겠죠. 처음 연극반을 맡아 야심만만했던 선생님은 학생들 모두에게 독백 연기를 명하셨고, 저는 '오셀로'를 맡았습니다. 여고생에게 오셀로라니? 내 살갗이 가무잡잡한 탓일까? 오셀로가 데스데모나를 죽이기 직전의 독백이라니, 처음 읽고는 당황했습니다. 뭔가 멋지긴 한데, 도통 무슨 말인지.

오셀로의 마음으로 들어가자, 괴롭더군요. 가장 사랑하는 사람을 죽여야 하는 고뇌, 연인의 배신에 대한 맹렬한 미움, 망설임, 결심이 뒤섞여 심란했습니다. 이 감정을 품고 일상을 살아가기 버겁더군요. 그렇습니다, 오버입니다. 하지만 나름, 절절했습니다.

제 앞에 하얗고 고운 데스데모나가 누워 있네요. 저는 그녀를 죽여야 합니다. 환장할 노릇이었습니다. 새벽에 혼자 중얼대는데, 차라리 제가 죽고 싶더군요. 이 컴컴하고 슬픈 마음을 어쩐다지.

　수업에 빠질 대범함이 없던 터라 결국, 교탁 앞에 섰습니다. 칠판을 바라보며 대사를 읊는데, 몇 줄 못하고 눈물이 나더군요. 말보다 감정이 앞섰습니다. (하물며, 여고생이었으니까요) 저는 오셀로를 담을 만한 그릇이 못 되더군요. 부끄러워서 연극반을 관뒀습니다. 축제 때 친구들이 올린 이근삼의 〈원고지〉를 지켜봤습니다. 그저 부러웠습니다. 하지만 그 감정의 소용돌이를 감당할 자신이 없었습니다.

■　　　　대학생이 되자 또, 연극반에 들어갔습니다. 어쩌면 괴로웠지만 충만했던 시간이 그리웠을는지도. 여름방학 내내 가을에 올릴 공연을 연습했습니다. 큼지막한 냄비에 6개씩 끓여먹던 라면, 구토로 마무리한 엠티, 여섯 개의 수저가 꽂힌 팥빙수, 고양이 체조, 새벽 야산의 발성 연습. 신났습니다. 공동창작으로 대본을 만들던 게 제일 좋았습니다. 모두 자기 이야기를 써서 무대에 올랐습니다. 참으로 허술했지만, 생생한 날것이었습니다. 그러나 무대에 오를 시간. 조명 아래 서니, 앞이 캄캄했습니다. 털을 씌운 배구공 같은 것들이 어른거리더군요. 무대 울렁증과 낯가림으로 연극반 기획과 총무로 자리를 옮겼습니다. 광대가 쓴 기획서와 가계부를 보신 적이 있으신지요?

■　　　　연극은 언제나 저보다 대단했습니다. 불붙은 고양이에 날뛰는 야수였어요. 그런 걸 껴안고 살 자신이 없었죠. 저는 겁쟁이였습니다. 학교를 졸업하고 소설을 썼습니다. 쉽지 않더군요.

무슨 글이든, 병명만 다를 뿐 끙끙 앓았습니다. 희곡 수업을 처음 들었습니다. 재워뒀던 뭔가가 눈을 떴습니다. 나이를 좀 먹었으니 괜찮지 않을까? 감히, 희곡을 쓰자고 마음먹었습니다.

■

　　　여전히 저한테 연극은 정체불명입니다. 용, 키메라, 머리 셋 달린 저승을 지키는 개처럼, 신비의 짐승입니다. 감당이 안 됩니다. 다가갔다 물러서고 겁을 먹다 만용을 부립니다. 함께 해주시는 분들과 더듬더듬 가는 중입니다. 사람을 무지 그리워하지만, 외따로 놀기 좋아하는 저에게 손 내밀어주셔서 감사합니다. 투덜거리지만 낯을 가리고, 희망을 말하지만 절망적인 저를 받아주신 분들, 고맙습니다. 외롭지 않았습니다.

■

　　　연극과의 왈츠. 멀어졌다, 가까워지길 거듭했습니다. 이제는 꽉 붙잡고 놓지 않을 작정입니다. 뭐, 팔쯤 물어뜯기면 어떻겠습니까? 피 좀 흘리면 좋겠습니다. 그렇게 매순간, 연극을 통해 살아 있음을 실감하렵니다. 연극을 좋아했지만 언제나 머뭇거렸습니다. 자, 이제 춤을 출 시간입니다. 한 발짝씩.

해뜨기 70분 전

등장인물 남병주 : 40대 초반. 여자
　　　　　이영서 : 20대 중반. 여자

장소　　원룸. 가구가 없고 단출한 방.
무대 뒤쪽 왼편은 현관. 현관 옆에는 화장실이 있
다.
중앙 안쪽으로 개수대와 냉장고가 있다.
무대 앞 왼쪽으로는 침대와 협탁과 스탠드. 미니
콤퍼넌트가 있다.
오른쪽은 2인용 탁자와 의자 2개가 놓여있다. 탁
자 위에는 빨간 털실과 뜨다만 아기 스웨터가 놓
여 있다.
탁자 밑에는 작은 박스가 하나 있고 그 옆에는 휴
지통이 놓여있다.
무대 중앙 위쪽에는 나비 모빌이 걸려 있다.
무대 한쪽은 전면창과 발코니 공간으로 나가는
문이 있다.

시간　　초겨울. 저녁 8시쯤

프롤로그

음악이 서서히 흘러나오고, 헬멧을 안은 임산부 영서의 모습이 나타난다.

이영서   (핸들을 돌리며 배에게) 자, 준비됐나.

이영서, 오토바이를 타며 공간을 누빈다. (적당한 콧노래와 함께)

이영서   가로수길 지난다. 좌회전, 좌회전. (클랙슨 소리 흉내-베토벤 운명) 거기 앞에 까만 차. 왜 이렇게 느려. 아이가 타고 있습니다? 나도 아일 태우고 있다고!

이영서, 앞질러 나가는 시늉. 뒤를 향해 가운뎃손가락을 곧추 세운다.

이영서   부릉부릉, (배에게) 좀 밟아볼까? (침대로 올라) 오오, 가로수길이 뒤로 물러선다. (곰 인형에게) 오빠, 안녕! 탈래? (으음… 구려) 한강, 한남대교, 오오 (옷자락을 제 손으로 펄럭거리며) 바람, 바람이 느껴져? (두 팔을 번쩍) 와! 자유, 자유다! 이제 쫌만 참으면. (배가 뭉치자, 신음)

이영서, 침대에 앉아 헬멧을 벗는다.

이영서 (배를 내려다 보며) 왜? 멀미나? 야, 이 정도 속도엔 익숙해져야지, 세상 앞서 나간다. 아, 맥주나 한 잔 했으면… (문 쪽을 보며) 근데 왜 이렇게 안 오는 거야?

전화벨 소리. 망설이다 전화 받는다.

이영서 나도 알아. 당장은 안돼. 여기, 중국이잖아. 귀국? 비행기표 살 돈도 없어. 나 보고 어쩌… (전화 끊어진다) 여보세요? 차라리 배를 째라! 배 째.

이영서, 입에 담배를 물고
라이터를 켜고 불을 붙이려는 순간, 전화벨이 울린다.
담배 뽑고 전화 받는다.

이영서 끊은 게 아니라, 끊긴 거야. 그래, 일주일, 일주일만 기다려. 돈 오백이 애 이름이냐? 돈 나올 구멍이 어딨어. (끊으려다) 맞다, 나 다음 주에 중국 오지마을로 봉사활동 간다. 짜오짜오 족이었나? 몰라 가봐야 알지. 거기 핸드폰 안 터진대. 그러니까 통화 안 되도 걱정 말고. 다 끝나면 전화할게. (끊고 배 어루만지며) 아, 속 쓰려. (현관 보며) 피잔 왜 안 와. 임산부가 시켰는데. (집안을 둘러보며) 여기가 진짜 중국이면 좋겠다. 그럼 진시황릉에 가서 병마용들도 구경하고. (자기 배를 보며) 무덤에 들어가면 진흙병사들이 일렬로 쫙 서 있대. 원래는 알록달록했는데 햇빛이 들어가니까 진흙 빛으로 바랬대. (배에게) 넌 뭐로 변할 것 같아? 얼마 동안이나 그 안에 있던 걸까. 몇 천 명이 표정이 몽땅 다르대. (지도를 들여다보며) 여행루트도 다 짜 났는데… 뉴욕, 브로드웨이, 시카고… (베란다 창 위쪽을 의식한다) 시원한 맥주 한모금만 했으면! (신음소리를 내며 배를 감싼다. 신경질적으로) 왜 이래. 너 눈, 코, 입 다 멀쩡하다잖아. 왜 그렇게 유난스럽니. (몸을 웅크린다) 코 자, 아가야. 알겠지? 자장자장. (천천히 일어나서 탁자 쪽으로 간다)

스피커에서 날카로운 알람음(딩동댕)과 더불어 안내방송이 들린다.
이영서는 귀를 틀어막는다.

1장

안내방송 관리사무소에서 잠시 안내말씀 드리겠습니다. 층간소음으로 인한 민원이 발생하고 있습니다. 입주민 여러분께서는 개짖는 소리, 아이들 뛰는 소리, 피아노 소리 각별히 유의 바랍니다. (딩동댕)

이영서 네가 더 소음이네요. 하여간 맨날 이게 어쩌니 저게 어쨌니.

이영서, 담배 물고 불붙이려는 순간, 현관에서 벨소리 들린다.

이영서 어! 피자! (담배 끈다) 잠깐만. (낑낑대며 일어선다) 기다려.

신경질적으로 초인종이 울린다.

이영서 (현관 쪽으로 뒤뚱뒤뚱 가며) 보채지 말라니까. 아 씨발, 돈. (뒤돌려는데) 쿠폰! 쿠폰.

초인종 소리와 함께 남병주 목소리.

남병주 (목소리) 영서 씨, 자?

이영서 (경악) 재떨이, 재떨이.

우왕좌왕하다가, 담배와 꽁초까지 침대 옆 서랍에 넣는다.
현관 키 패드를 누르는 소리가 들린다.
바닥에 떨어진 라이터를 주우려는데, 몸이 잘 굽혀지지 않는다.
발로 차서 침대 밑에 넣고 음악을 튼다.
문을 연다. 남병주 들어온다.
핑크빛 임부복 입은 남병주 등장. 손에는 기내용 슈트케이스를 끌
고 왔다.

남병주 나 왔어.

이영서 병주언니, 어쩐 일이세요? 이 시간에.

남병주 그냥! 우리 그이도 늦겠다고 하구. 혼자 외롭게 있을 영
서 생각나서. (가방을 세워 놓으며) 뭐하고 있었어?

이영서 뜨개질이요.

이영서, 의자에 앉는다. 빨간 아기 스웨터 뜨개질한다.
뜨개바늘 놀릴 때마다 빨간 털실뭉치 들썩거린다.
남병주, 다가와 스웨터를 빼앗아 살핀다.

이영서 팔 한 짝 남았어요.

남병주 (뺏고) 제법이네.

이영서 언니가 매주 숙제 검사 했잖아. 아직도 몸통이냐, 등판까
지 언제 가냐?

남병주 뜨개질, 십자수가 태교에 좋으니까.

이영서 줘요, 얼른 떠야지. 얼마 안 남았으니까.

남병주   (건네주며) 그래, 유종의 미.

이영서   완성하면 보너스 준댔잖아요.

남병주   보너스?

이영서   한 벌에 이십만 원.

남병주   한 코 한 코 뜨면서 돈 생각만 했니?

이영서   부업이라고 생각하라면서.

남병주   아이랑 교감하라는 거야.

이영서   교감? 애랑 사귀라고요?

남병주   그래야 엄마와 아이 사이에 정서적 유대감도 생기고.

이영서   시어머니 같아. 그건 웬 가방이에요?

남병주   내일 병원 가야잖아. 내 꺼 사는 김에 영서 꺼도 하나 샀
            어.

이영서   고마워요.

            잠시 침묵.

이영서   아, 날 받아 놓으니까 괜히 싱숭생숭하고… 겁도 나고,
            그쵸?

남병주   난 어젯밤엔 악몽까지 꿨어… 이번에도 잘못되면 정말.

이영서   괜찮을 거예요.

남병주   우리 체조 할래?

이영서   체조? 지금 이 시간에….

남병주   몸을 움직이면 기분이 나아질 거 같은데.

이영서   그래. 알았어요.

            남병주의 주도로 둘은 임산부 체조를 한다.

남병주   먼저, 몸풀기.

둘은 나란히 앉아 손 풀기, 발목 풀기를 한다.
이영서는 잘 따라하지 못하지만, 남병주는 상대적으로 날렵하게
자세를 취한다.
이영서, 남병주를 보고 감탄한다.

남병주   (부러 못하는 척) 아휴, 숨차. 완전 달밤에 체조네. (영서에
게) 언니가 좀 도와줄까?

남병주, 일어나더니 영서의 어깨를 꾹꾹 누른다.
영서, 내려가지 않는 몸을 억지로 굽히다 비명을 지른다.

남병주   괜찮아?

이영서, 끙끙거린다. 남병주, 이영서를 다독인다.

남병주   깊게 들이마시고, 내쉬고, 깊게 들이마시고, 내쉬고….
이영서   (잠시 가방에 시선을 두더니) 호흡도 좀 해볼까요?
남병주   그래, 하자.

이번엔 이영서의 주도로 호흡훈련을 한다.

2장

초인종 소리가 들린다.

이영서   드디어 왔다!

남병주   뭐가?

이영서   피자!

남병주   피자?

남병주, 뒤뚱뒤뚱 문으로 향하려는 이영서를 제지한다.

남병주   임산부가 피자는….

남병주, 문으로 가서 돈을 주고 피자배달부를 돌려보낸다.

이영서   언니. 나 배고픈데.

남병주   (문을 닫고 돌아서며) 피자 같은 인스턴트식품이 임산부한
             테 얼마나 안 좋은데.

이영서   피자가 왜요? 그럼 이탈리아 여자들은?

남병주   와서, 초밥 먹어.

이영서   ….

남병주   먹어야지, 너도 그렇고 아기도.

이영서, 일어나서 식탁으로 간다.

이영서   언니도 같이 먹어요.
남병주   나, 베지테리언이야.
이영서   (병주 빤히 본다)
남병주   채식주의자.
이영서   풀만 먹고도 살 수 있어요? 소도 아닌데.
남병주   난, 고기 안 먹어. 육식의 종말이란 책에서.
이영서   고기를 안 먹기도 하는구나.

남병주, 젓가락으로 초밥 집어 이영서에게 내민다.

남병주   자, 아~.
이영서   나, 와사비 싫어. 눈물 나.
남병주   일단 먹어.
남병주   (냉장고 문 열고) 물이 안 보이네. 에이그, 떨어졌으면 사다
         놔야지. 우윤? 다 마셨어?
이영서   우유 끊었어요.
남병주   (냉장고 문 닫고) 왜?
이영서   입에 잘 안 맞아서.
남병주   임산분 하루에 세 잔씩 꼭 마셔야 된다고.
이영서   아, 더워. 맥주 한 잔 쫙 들이켰으면 좋겠다.
남병주   맥주?
이영서   여름에 땀 빼고 편의점 파라솔 아래서 (시늉하며) 카아~.

남병주 (발끈) 임산부가 맥주가 말이 돼!

이영서 언니.

남병주 맥주라니. 상상만 해도 아이한테 해로워.

이영서, 구시렁거린다.
남병주, 가방에 있던 물을 꺼낸다.

남병주 자 이거 마셔! 둥굴레차야. 양수를 맑게 해준대. 근데 얼굴이 영 안 좋네? 무슨 일 있어?

이영서 아무 일도 없어요.

잠시 침묵.
병서, 모차르트 음악을 튼다.

이영서 또 모차르트요?

남병주 너무 조용한 건 애한테 안 좋다더라. 조용한 데서 시끄러운 바깥 세상에 갑자기 나오면 적응을 못한대. 매일 세 시간씩은 들어야 효과가 있다잖아.

이영서 (초밥 먹으며) 언니, 그거 아세요? 아우슈비츠 형무소에선 아침마다 모차르틀 틀어줬대요.

남병주 모차르트야 다들 좋아하지.

이영서 가스실에서 모차르트를 듣던 사람들 기분은 어땠을까?

남병주 뭐 하러, 그런 생각을 해. 아이 가진 사람이 행복한 상상만 해야지.

이영서 언닌 여기 오면 계속 모차르트 틀어놓잖아요. 그러니까 모차르트가 자꾸 눈에 들어와요. 마트 전단지에도 모차

르트가 있더라고요. "모차르트 삼겹살", 모차르트 음악
을 듣고 자란 돼지는 살도 두 배로 찌고, 육질도 아주 좋
대요. 모차르트는 알았을까? 자기 음악이 아우슈비츠 소
장이랑 돼지들의 사랑을 받을지.

남병주 말했지, "모차르트 이펙트" 모차르트 음악은 뇌신경을
자극해 머리를 좋게 만든다고.

이영서 전요, 클래식만 들으면, 막 잠이 쏟아져요. 악보에 수면
제를 뿌리나.

남병주 (꿈꾸듯) 난, 우리 아이에게 매일 모차르트를 들려줄 거야.
창으론 햇살이 들어오고, 집안 구석구석으로 모차르트
음악이 스며들어. 모차르트를 듣는 아인 천사처럼 자고.
(이영서 하품한다)

이영서 그 천사가 모차르트가 싫다면요.

남병주 (눈 뜨고) 왜 모차르틀 싫어해?

이영서 언니 앤 어쩐지 몰라도, (자기 배를 가리키며) 얘는요, 모차
르트 들으면 발길질해요.

남병주 애가 뭘 느낀 모양이네.

이영서 그 발길질이, (베토벤의 '운명') "과과과~꽝. 과과과~꽝"
(애기처럼) 엄마 난 모차르트가 싫어요. 모차르트만 들어
야 하는 세상이 싫어요.

스피커에서 날카로운 알람음과 함께 안내방송이 들린다.
이영서, 귀를 막는다.

안내방송 관리사무소에서 잠시 안내말씀 드리겠습니다. 층간소음
으로 인한 민원이 발생하고 있습니다. 입주민 여러분께

서는 개 짖는 소리, 아이들 뛰는 소리, 피아노 소리 각별히 유의 바랍니다. (딩동댕)

안내방송을 듣고 이영서, 귀를 막고 태아처럼 몸을 웅크린다. 끙끙거린다.

남병주　왜 그래?

이영서　배가… 뭉쳐요.

남병주　배가? 괜찮은 거야? (영서의 배에 손을 대려다 만다)

이영서　저 소리만 들으면 심장이 벌렁거려요. 저 여잔 피도 눈물도 없는 것 같아.

남병주　여자가 아니라 기계야. 입력한 대로 소리를 내는 기계.

이영서　게다가 같은 말을 지겹게 반복해. "뛰지 마라", "재활용 똑바로 해라"

남병주　한 번 말해선 못 알아먹으니까.

이영서　"피아노 치지 마라" 피아니스튼 어쩌라고. 개보고는 짖지 말래. 개가 알아듣나?

남병주　공동주택이야. 갤 키우려면 성대 제거 수술을 시키거나 전기 목줄을 채워둬야지.

이영서　전기 목줄?

남병주　짖을 때마다 전류가 흘러나와. 몇 번 충격을 받으면 쓸데없이 짖지 않아.

이영서　쓸데없이? (병주를 빤히 본다)

남병주　개가 인간과 살려면 어쩌겠어. 대신 밥 주고, 재워 주고, 옷까지 입혀주잖아.

이영서　밥을주고 옷을 입히는 주인을 위해서 전기목줄이래도 감

수해야 한다. 참, 개 같아.

남병주 입 조심. 아가 듣겠다.

이영서 (배에게) 멍멍이, 멍멍이야.

이영서는 답답한 듯 발코니로 향한다.
경적소리와 차들이 지나가는 소리가 들린다.
병주, 걱정되는 듯 음악을 끄고 따라 나간다.

남병주 아휴, 시장바닥이 따로 없네.

이영서 저 앞이 8차선 대로잖아요.

남병주 소음은 아이 정서에 안 좋은데.

이영서 이건 별것도 아니에요. 토요일 밤마다 폭주족들이 떼로
지나가요.

남병주 폭주족?

이영서 (내다보며) 이 앞길이 폭주족 루트인지, 소풍길인지. 새벽
세 시만 되면 오토바이 수십 대가 부릉부릉. "오빠 달려
~" 마지막 오토바이까지 사라지면 길은 텅 비고, 정말
무섭게 조용해지고 (사이) 가로등 불빛만 드문드문… 그
사람들, 어디로 가는 걸까요? 공터? 폐차장? 아님 강가?
자갈밭에 오토바이들이 빙 둘러서서, 바퀴로 자갈을 막
튕겨내고, 헤드라이트 불빛들은 번쩍번쩍 길을 내고….

효과음이 들린다. (오토바이 엔진 소리, 자갈 튕기는 소리)

남병주 정신 사납게.

이영서 폭주족들 작별인사는 뭘까요? "안녕, 다음 주에 또 만

나!" 그냥 말없이… "부릉부릉?"

남병주   그런 게 왜 궁금해?

이영서   언닌 그런 꿈 꿔본 적 없어요? 저 길의 끝까지 전속력으로 달려보는, "자유롭게!"

남병주   그래, 나도 그런 꿈꿨었지.

이영서   … 저, 사실은 어젯밤, 꿈속에서 앨 낳았어요. 의사와 간호사가 내 가랑이 사이를 들여다봐요. 커다란 집게를 들이밀더니 내 뱃속을 뒤져 아일 끄집어내요. 아인 사라지고 나만 침대에 달랑 (히스테릭하게) 꼴이 참 우스꽝스러워서. 뱃속이 털려 수술대 위에 다리 쫙 벌리고 누운 꼴이, 완전 삼계탕 속 영계야.

남병주   그런 생각, 아이한테 안 좋아. 영서한테도 해롭고.

이영서   잠도 안 오고, 자꾸 엄마 생각만 나요. 엄마가 막 보고 싶고.

남병주, 이영서의 어깨를 감싸준다.

남병주   다 잘 될 거야. 아이만 낳고나면.

이영서   그 뒤엔요? 언닌 내 사정 잘 알잖아요. 아빠 없지, 엄만 아프지, 오빤 백수에 집은 지지리도 궁상이고….

남병주   영서, 아직 젊잖아.

이영서   언니, 언니 나이쯤 되면 모든 게 괜찮아져요? 불안하지도 않고.

남병주   담담해지는 거야. 첨 당하는 일들은 점점 줄어드니까 그러려니 하는 거지.

이영서   정말요?

남병주	다들 나름대로 아파. 티를 안 낼 뿐이지.
이영서	아픈데 어떻게 아프지 않은 척 해요. 덜 아프니까 그러는 거지. 아이 낳을 때 진짜, 아프겠죠?
남병주	바람이 차네. 감기 걸리겠다.

남병주는 이영서를 강제로 밀고 들어와서 문을 닫는다.

남병주	… 짐 챙기는 거 도와줄까?
이영서	언니, 고마워요.
남병주	뭐가 고마워?
이영서	내가 털어놨을 때 언니가 다신 날 안 볼 줄 알았는데….
남병주	그거야 … 영서가 안쓰럽구.
이영서	병원 대기실에서 초음파 사진보고 있는데, 언니가 나한테 먼저 말 걸었잖아요… 언니가 우리 애기 초음파 사진을 보고 우는데, 나 솔직히 미친 사람인 줄 알았어요… 근데 아길 여러 번 잃었다는 얘길 듣고는 다 이해가 되더라구요. 남의 애라도 예쁘고 신기하겠구나.
남병주	….
이영서	이젠 괜찮잖아. 언니도 임신됐단 소식 듣고 병원 앞 분식집에서 우리 둘이 떡볶이 먹고… 언니는 입덧 하나도 안 해서 내가 얼마나 부러웠는데.
남병주	내가 비위가 좋거든.
이영서	언니가 가끔씩 들려 말동무도 해주고, 맛있는 것도 사주고.
남병주	말했잖아. 영서, 나 어릴 때랑 많이 닮았다고.
이영서	언니가 없었으면 못 버텼을 거야.

남병주	아이 낳으면 또 새로운 길이 생길 거야. 좋은 사람 만나서 결혼도 하고… 참, 남자친구 있댔잖아.
이영서	깨졌어요. 중국 간다고 하면서.
남병주	다른 남잘 만나면 되지.
이영서	그게 그렇게 안 되네요. 자꾸 생각나고.
남병주	그럼, 다시 만나.
이영서	저 임신하고 십오 킬로 쪘거든요. 몸도 흉해지고. 젖꼭지는 포도알에, 배는 다 터서 지렁이 같은 자국들. 꼭 이티 같아.
남병주	산후 체조 열심히 하면 처녀 때 몸매로 금방 돌아간대.
이영서	수술은 싫은데. 자연분만 하면 안 되나?
남병주	자연분만이 더 힘들어. 언제 끝날지도 모를 그 진통을 다 견딜 수 있겠어?
이영서	마취했다가 못 일어나면 어떡해.
남병주	제왕절개 남들도 다 하는 거야.
이영서	배에 수술자국 남잖아. 나 겨우 스물여섯인데 평생 비키니 못 입잖아요.
남병주	니가 수술자국 때문에 못 입겠니? 뱃살 때문에 못 입겠지? 요즘은 수술자국도 작아서 보이지 않는데. 애만 낳으면 곧 예전으로 돌아갈 수 있을 거야. 시간이 지나면 상처도 아물고. 감쪽같을 거야.
이영서	상처는 아물어도 흉턴 남잖아. 자기 여자 친구가 남의 아일 가졌던 걸 알면 어느 남친이 이해해 주겠어요.
남병주	그럼 사실대로 말해.
이영서	뭐라고요? "오빠, 나 돈 땜에 대리모 했다. 몸 풀면 다시 만나자?"

남병주 … 둘이 오래 사귀었어?

이영서 이년 반. 둘이 유럽여행가자고 약속했었는데…. (짧은 고 갯짓) 사랑이 밥 먹여주나. 등록금 내주고, 대출이자를 갚 아주나. (긴 한숨) 마지막으로 둘이 석촌 호수에 갔거든요. 중국 간다고 거짓말 하러. 벤치에 앉아 삼각김밥 나눠 먹 고, 자이로드롭 올라갔다 내려갔다 하는 거 구경하다, 입 에 묻은 밥알도 떼어주고….

남병주 좋았겠네.

이영서 사실 한번 봤어요.

남병주 둘이 만났어? 언제?

이영서 배가 남산만한데 어떻게 만나요. 병원 가는 길에 우연히 먼발치에서… 얼굴만 봤어요.

남병주 그쪽에서도 알아봤어?

이영서 (짧은 고갯짓) 나도 모르게 반가워서 부르려다가 (배를 만지 며) 내 처지가 생각났어요. 부끄럽고 당황스럽고 날 알아 볼까봐 가슴이 콩닥콩닥. 들키지 않으려고 서둘러 숨느 라고…. 왠지 쓸쓸해 보였는데…. 등록금 시즌이면 둘이 학교 뒷산 벤치에 앉아 소주를 마셨어요. 그냥 농담만 주 고받는 거죠. 서로의 속을 뻔히 알면서. 그런데 내가 등 록금 땜에 대리모 한다, 그러면 오빠 기분이 어떻겠어 요?

남병주 어쩔 수 없었잖아.

이영서 언니, 내 꼴 참 우습죠?

남병주 무슨 소리야!

이영서 만약 언니가 저라면 어떻게 했겠어요?

남병주 ….

이영서　언닌 좋겠다. 자기 아일 낳고 기르고.

남병주　….

이영서　(배 보며) 처음엔 알바라고 생각했는데. 열 달만 참으면 목
　　　　돈 쥐는 비정규직 알바. 근데 마음이 왜 이럴까요.

남병주　마음이 어떤데….

이영서　열 달을 같이 있으니까… 혼자 있다 보니 자꾸 말도 걸게
　　　　되고, 애가 움직이는 걸 느끼면서 정도 들고 그러니까…
　　　　어떤 모습일지도 보고 싶고.

남병주　정말? 자기 애도 아닌데.

이영서　그러게요.

남병주　훌훌 털고 다 잊어버려야지.

이영서　언니랑도 정 많이 들었는데. 꼭 친정엄마 같았어. 언니도
　　　　마음고생 많았죠? 시댁 식구들이 언니 배만 바라본다며.
　　　　이번에도 잘못 되면 어쩌나. 그게 뭐 언니 잘못인가?

남병주　그래, 우리 끝까지 잘해보자.

이영서　끝까지…. (일어선다)

3장

안내방송 관리사무소에서 잠시 안내말씀 드리겠습니다. 내일 오전 9시부터 지하 주차장 물청소를 하오니 1-4구역에 주차 해두신 차는 다른 곳에 옮겨주시기 바랍니다. 입주민 여러분께서 당부 말씀드립니다.

이영서 저 소리 진짜 지겨워. (병주 보며) 언니, 차 가지고 왔죠?

남병주 물론.

이영서 저기, 언니, 나 부탁이 있는데.

남병주 뭔데?

이영서 먼저 들어준다고 약속부터 해요.

남병주 응.

이영서 나 좀 태워줘요.

남병주 그래, 어디 가고 싶어? 바람이라도 쐬자. 지난번처럼 자유로 드라이브나 갈까?

이영서 아니. 좀 더 멀리.

남병주 더 멀리?

이영서 내일 아침 일찍 브로커가 병원에 데려가려고 올 거예요. 그 전에 여길 빠져 나갈 거예요. 다른 병원에 갈 거야.

남병주 뭐? 그게 무슨 소리야?

이영서 지난번 병원에서 아이 낳다가 죽은 산모도 있었잖아요.

혹시 무슨 일이라도 생기면….

남병주 절대 그런 일 없을 거야.

이영서 (일어나며) 그걸 어떻게 장담해요. 내 이름으로 입원하는 것도 아닌데… 혹시라도 잘못되면 난 완전히… 브로커랑 의산 서로 한통속인데다 무슨 일이 생기든 의뢰인만을 위해서 결정할 거라구. 난 그저 대리로 애를 품었던 물건 취급당하는 거지. 그 능글거리는 의산 뭘 물어도 그냥 실실 쪼개기만 하고.

남병주 아무 문제없으니까 아무 말 않는 거지.

이영서 아냐, 다른 병원에 갈 거야. 브로커랑 아무 관계없는 의사한테.

남병주 안돼! 낯선 데서 보호자도 없이 어떻게 아일 낳으려고. (짧은 사이) 애 부모들 심정은 어떻겠어? 갑자기 자기 아일 잃으면 얼마나 막막하겠어.

이영서 언니가 왜 흥분해요?

남병주 아니, 난 너 혼자 가겠다니까 걱정이 돼서 그러지. 불안해서.

이영서 열 달 동안 언니 뱃속에 있던 앨 얼굴도 한 번 못 본다고 생각해봐요.

남병주 영서 애가 아니잖아.

이영서 그러게요, 그런데….

남병주 왜 그러겠다는 거야? 부모한테 몸값이라도 더 달래게?

이영서 몸값? 언니 무슨 말을 그렇게 해요. 내가 아무리 돈이 궁해도.

남병주 그러니까 오늘밤은 푹 자고 내일 그냥 병원에 가서… 영서야, 너 지금 하는 행동은, 범죄야. 범죄라고.

이영서   어차피 대리모 자체가 불법이에요. 걸리면 피차 골치 아파질 걸요.

남병주   정말 도망치겠다고? 난, 어떻게 하고. 우리 같이 입원하기로 했잖아.

이영서   언니한텐 미안해요. 하지만, … 난 열 달 동안 별의별 고생을 다했는데, 믿을 수도 없는 의사한테 내 목숨을 맡겨야해.

남병주   안돼!!

이영서, 현관으로 향한다.
남병주, 이영서의 팔을 잡는다.

이영서   언니, 아파요. 왜 이래요?

남병주   왜? 도망치겠다는데, 그럼 내버려둬.

남병주, 이영서를 침대로 민다.

이영서   나도 잘못인 거는 아는데, 언니도 내 사정 알잖아요.

남병주   정신 차려. 그 몸으로 어딜 가게! 내가 그동안 얼마나 마음 졸였는지, 니가 알기나 해. 내일 병원에 같이 가줄게.

이영서   언니…. (일어나려 한다)

남병주   제발, 조용히 끝내자.

이영서, 몸을 일으켜 달아나려 한다.
이영서는 배가 불편한지 신음을 내며 웅크린다.

남병주 왜 그래? 괜찮아….

남병주는 이영서를 뒤에서 부축하려고 한다.
하지만 이영서를 붙잡고 일으키기가 만만치 않다.

남병주 일어나봐. 왜 그래?
이영서 날 좀 내버려둬! 제발!

이영서와 남병주, 잠시 드잡이한다.

남병주 가긴 어딜 간다고. 이제 다 끝났는데.
이영서 내 몸에서 손 떼란 말이야!

이영서가 몸부림치며 남병주를 밀친다.
남병주는 이영서를 놓치고 앞으로 고꾸라진다.
남병주의 배에서 임산부용 분장도구가 빠져 있다.
이영서, 쓰러진 남병주를 보고 다가간다.
배에서 빠져나온 분장도구를 보고 놀란다.

이영서 언니, 배! 배가!… 아기! 아기가!

남병주의 배가 납작해졌다.
남병주는 배를 바라보고는 뒤돌아서 추스른다.

이영서 뭐가 잘못된 거예요? 아기가… (이영서, 남병주의 배를 본다)
그게 뭐예요?

남병주　영, 영서야, 이건….

이영서　가짜… 배가? 언니… 뭐야?

병주는 허둥지둥 짐을 챙겨 나가려 한다.

이영서　언니?

병주는 우뚝 멈춰 선다.

이영서　누구세요? 왜 그러고 다닌 거예요? 왜? 난 애가 어떻게 된 줄 알고 얼마나 놀랐는데….

남병주　영서 씨… 이제 곧 끝날 거야.

이영서　(잡으며) 그게 무슨 소리야? 그러니까 언니가… 아니, 사모님이 이 애… (침대에 주저앉는다) 말도 안 돼.

남병주　….

이영서　그래서 여기 들락거리면서… 어쩐지 브로커가 언닌 내버려두더라. 언니가 아니지, 이영서 씨구나. 당신이. 어떻게, 어떻게 사람을 이렇게 감쪽같이 속이고!

남병주　하루 밤만 지나면, 다 괜찮아질 거야. 영서야.

이영서　그렇게 부르지 마. 당신이 이영서잖아. (사이) 정말, 대단하셔. 얼굴엔 가면 쓰고 변장까지… 난 죽었다 깨나도 그렇게 못하겠네.

남병주　나는… 가까이서 돌봐주려고.

이영서　감시겠지… 그동안 고생 많으셨어요. 무거우실 텐데 그만 푸세요. 좋겠다. 전요, 유감스럽게 뱃속에 든 게 진짜 애라 잘 때도 내려놓질 못해요. 하, 맞다. 그대로 자야겠네. 시댁식구들이 배만 본댔지. 아줌마, 사랑 같은 거 해 본 적 없죠? 대학 졸업하고 연애도 한 번 안해보고 중매로 만난 남자랑 그냥 저냥… 아이도 안대요, 부모가 서로 사랑하지 않으면. 본능적으로 껌샐 챈데요. 아, 세상 밖에 나가면 나, 참 불행하겠다. 그래서 유산이 되기도 한대요.

남병주 우리 부부 아무 문제없어. 불임은 순전히 생물학적인 문제야. 우린 배울 만큼 배웠고, 경제적으로도 문제가 없어. 절대로 앨 불행하게 만들지 않을 거야.

이영서 그럼 못 배우고 가난한 사람들은 애도 낳지 말아야겠네. 불행해질 게 뻔하니까.

남병주 일찍 자고 내일 아침에 나랑 병원 가자.

이영서 나, 애 부모 얼굴이 되게 궁금했었는데… 근데 그게 언니였구나. 하긴 그렇지 않으면 나 같은 애랑 일부러 친해져서 여기 찾아올 일이 뭐가 있겠어.

4장

이영서 참, 마침 잘됐네. 사모님, 저 부탁 하나만 할게요… 저, 오백만 원만 더 해주세요. 오빠가 갑자기 목돈이 필요하대서. 주인이 전세금을 올려 달란대요.

남병주 앓는 소릴 하면 돈이 나오니까, 무턱대고 손을 벌리는 거야. 그게 오빨 망치는 길이야. 지 힘으로 살 생각을 못하잖아.

이영서 ….

남병주 얼마나 못났으면 중국에 교환학생으로 와있다는 여동생을 들볶는데. 그따위 거지 근성 때문에….

이영서 (끊는다) 저기요, 사모님. 관두세요. 남의 아일 품는 게 쉬운 일인 줄 알아요!

남병주 이거 니가 하겠다고 한 거야. 기억 안 나?

이영서 오천! 작은 돈은 아니죠? 나 같은 애가 어디 가서 오천을 벌겠어. 하지만 오천이니까 뱃속에 남의 애를 키우지. 아줌마, 그 등에 귀가 자라는 모르모토 알아요?

남병주 ….

이영서 귀만 싹둑 자르고 모르모톤 내버리겠지. 휴지통에 다 쓴 콘돔처럼.

남병주 입 조심하랬지. 이 세상에 쉬운 일이 어딨어. 그동안 잘

견뎌왔잖아. 며칠만 참으면 돼.

이영서　(배에게) 넌 좋겠다, 부모님이 부자라서. 평생 돈 타령 할 필요 없잖아. 학자금 대출 때문에 사채를 쓰거나, 코피 나도록 알바하거나, 방이 없어 친구 자취방을 떠돌지 않아도 되겠어… 차라리 내가 뱃속에 들어가 사모님 자식으로 태어나면 좋겠다.

남병주　자꾸 왜 그런 농담을 해.

이영서　진담이에요. 난 연료가 없어서 불시착하는 비행기인데, 아줌만 유유히 떠 있는 대통령 전용기잖아.

남병주　나도 힘들 때 많았어.

이영서　유산 두 번, 그 정도 악천후야.

남병주　… 세 번이야. 네가 나에 대해 뭘 안다고?

이영서　아는 게 없죠. 알려주질 않으니까.

남병주　나중에 문제 생겨. 아예 모르는 게 낫지.

이영서　아이, 수술 끝나면 바로 데려갈 거죠? 나, 마취에서 안 깼을 때. (사이)

남병주　영서는 젊어. 학교 졸업해야지.

이영서　저, 학교 그만 둘 거예요.

남병주　등록금 마련되면 학교 다시 다닐 거라며.

이영서　매학기마다 미등록 제적이냐 휴학이냐… 개처럼 번 돈 학교에 열심히 꼬나 박아 봤자 졸업하고도 알바나 임시직, 것도 아님 백조. 내가 아는 선밴 크리스마스카드 회사에 들어갔는데요. 연말에 루돌프 코만 삼천 개 색칠했대요. 눈이 빨개지도록 칠했는데, 코가 삐뚤어졌네, 불그죽죽하네, 술 취한 것 같네, 트집만 잡다 돈도 안 주고 쫓아내고, 아크릴 물감이 한 통에 얼만데.

남병주	젊었을 땐 뭐든 경험해보는 거야. 그게 다 재산이 된다니까.
이영서	남의 애, 가져 본 것도 재산이 될까요? 아줌마, 나 취직 좀 시켜줄래요? 이런 비정규직 말고.

남병주는 말이 없다.
영서, 담배를 찾아서 문다.
병주, 담배를 뺏는다.

남병주	너, 담배도 폈니?
이영서	그래요, 매일매일 폈어요. 저 원래 골초거든요.
남병주	너, 지금 날 놀리는 거지?
이영서	안 폈다고 해도 안 믿을 거잖아요. (배에게) 너희 엄만 왜 그렇게 사람을 못 믿을까? 자기가 거짓말만 한다고, 남도 그럴 거라고 생각하나봐.
남병주	너, 도망치려고 했잖아. 몰래 술도….

영서, 어이가 없다.

남병주	너 만일 애한테 문제 있으면 어쩔래?
이영서	무슨… 문제?
남병주	요즘 기형아 출산율이 높다잖아.
이영서	(말을 끊는다) 말조심해요. 애가 들어요.
남병주	그래서 금지조항들이 있는 거야. 만약에 애가 잘못되지 않도록….
이영서	그럼, 어쩌실 건데요? 버리실 건가요?

남병주 난 그런 몰상식한 사람 아니야.

이영서 난 그 말이 왜 믿겨지지가 않을까?

남병주 아이한텐 아무 문제없댔어.

이영서 거야, 낳아봐야 알죠.

남병주 아주 건강한 아들이라구 했어.

이영서 아, 내 뱃속에 든 게 사내아이였구나. 축하드려요. 이제 문제없이 시댁 유산도 상속받고. 사모님, 앞길 창창하네. 근데 난? 아이 낳으면 다시 원점이잖아. 아이 얼굴도 못 보고 … 똥을 싸도 물 내리기 전에 변기 한 번 들여다보는데.

남병주 너한테 하나도 도움 안 돼.

이영서 그럼 도움 되는 게 뭔데요? 가끔 이 닭장 같은 데 들려 모이나 주고, 모차르트나 들려주면서 온갖 친한 척 다하고, 영서야~ 영서야~ 그것도 지 이름이잖아. 안 그래요? 이영서 씨?

남병주 네 곁에서 내 아이가 크는 걸, 보고 싶었어. 느끼고 싶었어. 내 아이의 열 달을 조금이라도 가까이 하고 싶었어. 아이 없이 몇 년 동안 얼마나 속 끓였는지 알아?

이영서 알아요. (남병주 흉내) 아무도 앉으려고 하지 않은 텅 빈 의자. 꽃 한번 피어내지 못하고 장식용으로 놓인 요란한 화분. 되게 가슴 아팠는데.

남병주 남들은 그저 속편한 여편네로 보겠지만….

이영서 이제 아이도 생겼으니 정말 속편한 여편네가 되셨네요.

사이.

남병주 너도 빨리 훌훌 자기 길 가야지. 병원에 가면 오래 시간 끌 필요 없이 바로 수술하자.

이영서 수술이요?

남병주 제왕절개 수술. 기약도 없이 끙끙대며 배 아파 할 이유가 어딨어?

이영서 내가 자연분만을 하고 싶다면?

남병주 간단해. 서로 덜 아프고 덜 고통스럽고. 빨리 끝낼 수 있 잖아.

이영서 그러니까 하루라도 빨리 애를 끄집어내겠다!

남병주 너한테도 좋은 일이잖아.

이영서 왜 나하고 상의도 없이 당신 마음대로 수술하겠다는 건데요?

남병주 의사랑 상의한 거야.

이영서 그 의산 어떻게 믿어. 아줌마랑 한통속이잖아.

남병주 알지! 내가 아이한테 해될 일, 절대 안 할 거라는 거.

이영서 나는? 나는요? 아줌만 내가 잘못돼도 눈 하나 깜짝 안 할 거잖아.

남병주 수술 끝나는 대로 통장으로 돈 넣어줄게. 그 돈으로 여행 가. 멀리멀리 가고 싶은 데로.

이영서 저 수술 안 한다구요. (배 감싸며) 아, 아.

남병주 또? (하지만 직접 배를 만지지 못한다)

사이.

이영서 그러고 보니 아줌만, 제 배를 한 번도 똑바로 본 적이 없 네요. 늘 이상한 것이라도 보는 것처럼 고갤 슬며시 돌렸잖아요. 내 배를 만져보지도 않았고.

남병주 ….

이영서 무서운 거죠?

남병주 무슨 소리야.

이영서 앤. 난데없이 나타난 거잖아. 하늘에서 뚝 떨어진 것처럼.

남병주 내 애야.

이영서 아줌만 왜 이렇게까지 해서 자기 아일 갖고 싶은데요?

남병주 내 애니까.

이영서 아줌만 또 평생 훌륭한 엄마 가면을 쓰겠죠. 나한테, 자기 가족들한테 그랬던 것처럼. 안 그래요, 병주언니!

남병주 가면? 그까짓 거 하고 살면 어때? 넌 그냥 질투하는 거야. 니 입으로도 그랬잖아. 내 아이로 태어나고 싶다고. 의자를 뺏기지 않으려면 그 의자에 맞는 사람이 되어야 해.

이영서, 고개를 젓는다.

남병주 그래, 넌 가면 없이 맨얼굴로 거지처럼 살아.

이영서 내가 거지라면 아줌만 속물 그 자체야!

남병주 내 가랑이 사이로 앨 몇이나 떠나보낸 줄 알아? 밋밋한 배를 안고 집으로 돌아오는 길에 내가 느낀 감정을 네가 알아? 식탁에 앉아 텅 빈 배를 채우려고 아귀처럼 먹어댔지. 그리고 변기를 잡고 게워내는 거야.

이영서 그래도 아줌만….

남병주 그래, 나 가진 거 많아. 그런데 정말 가지고 싶은 건 못 가졌어. 너야 말로 날 몰라. 속물? 너야말로 속물이야. 넌 내가 가진 걸로만 날 평가해! 애초부터 없었던 사람은 잃는 게 뭔지 몰라. 하지만 너도 이젠 알게 되겠지. 텅 빈 배로 돌아와서 빈 식탁에 앉은 기분이 어떤지.

남병주, 일어나 가방 쪽으로 간다.

남병주 얼굴 보고 싶어? 걔가 니 얼굴 기억이나 할까?

이영서 ….

남병주 넌, 자! 난 짐을 쌀 테니까. (상자에서 뜨개질 감 꺼내며) 뜨 개질을 하랬던 건 두뇌발달도 있지만 아이랑 교감하라는 거였어. 정서적 유대감이 중요하니까. 내가 해줄 수 없는 거니까! 한 코 한 코 뜨면서 돈 생각만 했으면 뱃속의 애 도 돈, 돈! 이런 거지 나부랭이 같은 거 나 필요 없거든.

상자 안의 뜨개질 감, 휴지통에 던진다.
이영서, 물러선다.

5장

이영서   (문을 열고 발코니로 나간다. 차들이 지나가는 소리가 요란스럽다) 여기서 사람이 떨어지면 어떻게 될까요?

남병주   너, 지금, 어서 들어와!

이영서   거기, 그대로 있어요. 아줌마, 여기서 떨어지면 나부터 죽을까요? 애부터 죽을까요?

남병주   너, 지금 앨 볼모로 날 협박하는 거니? 목숨 가지고 장난치지 마!

이영서   지금 장난으로 보여? 나, 잃을 거 없어. 가진 거라곤 달랑 내 몸뚱이랑 이 애뿐이야.

남병주   알았어. 알았으니까….

이영서   뭘 알았는데?

남병주   … 돈 더 줄게.

이영서   (빈정거리며) 얼마나 줄 건데?

남병주   오백만 원 더 달라며.

이영서   흥, 이천!

남병주   알았어.

이영서   삼천!

남병주   ….

이영서   고작 삼천으로 당신 앨 사가겠다고?

남병주	지금 애 가지고 흥정하자는 거야?
이영서	왜? 당신도 그랬잖아. 5천만 원에 내 몸을 샀잖아.
남병주	몸이 아니라 네 노동력을 산 거야. 열 달 동안 일한 대가를 치른 거야.
이영서	그러니까 노가다구나.
남병주	브로커에게 뽑아만 주면 뭐든 다 하겠다고 했다며.
이영서	그래, 나, 가진 것도 팔 것도 몸뚱이 밖에 없어. 그러니까 지금 당장 아줌마 통장에 있는 돈 전부 부쳐. 왜, 싫어? 얘가 남이야? 아줌마 새끼잖아.
남병주	정말 뛰어내릴 거니? 그럼 너도 죽는데?
이영서	그래! 애랑 같이.

남병주, 말없이 수건을 꺼내 이마를 닦는다.
사이.

남병주	그럼, 맘대로 해봐.
이영서	뭘 맘대로 해?
남병주	(자조적으로 웃으며) 난 아무렇지도 않아. 보고 혹시라도 정 들면 어떻게. 애당초 없던 것처럼 살면 그만이야! 나, 더 이상 잃는 거 두렵지 않아.
이영서	나, 진짜 뛰어내릴 거라고.
남병주	첫 번째 앤 6개월 때 다운증후군 판정을 받았어. 난, 아일 깨끗하게 포기했어.
이영서	뭐라고?
남병주	두 번째 여잔 아무 생각 없이 수시로 감기약을 먹다 들켰어. 그 정도 괜찮을 거라지만 장담할 순 없잖아. 그래서

결국 그 애도 포기했지. 평생 짐덩이가 될 수도 있잖아. 멀쩡한 애도 기르기 힘든 세상이야.

이영서 내가 처음이 아니었단 말이죠.

남병주 그래… 물론 지금까지 들인 정성, 시간, 돈이 아깝지. 하지만 투자비용이 아깝다고 적잘 보는 회살 끌어안고 함께 망해갈 순 없잖아.

방에서 나가려고 한다.
영서가 발코니에서 급히 방안으로 들어온다.

이영서 우리가 그냥 물건이야? 맘에 안 들면 반품하고 버려도 되는 물건이냐구.

남병주 징징대지 마! 네가 먼저 시작했어. 난 말이야. 아일 많이 잃었어. 어떻게든 견뎌야 했어. (주문 외듯) 난 나를 설득했지. 이건 아이가 아니야. 천사도 아니야. 내 일부도 아니야. 아무 것도 아니야. 그냥 죽은 살덩어리야.

이영서 죽은 살덩이? (배를 가리키며) 살아 있어. 지금도 움직이고 있다고. 만져보라고, 움직인다고. 발길질을 해.

남병주 (뿌리치며) 내 속으로 낳은 자식도 아니잖아. 아기 걱정하는 척 하지 마. 넌 그저 어떻게든 날 협박해서 몇 푼이라도 더 뜯어내고 싶은 거뿐이잖아. (지도를 보며) 여행? 그래 감당할 능력이 안되면 넌 그저 도망가면 그뿐이겠지. 하지만 나한텐 지킬 게 있어. (남병주, 지도를 떼버린다)

이영서 아일 버리고 뭘 지키겠다고!

남병주 아이 땜에 내 자릴 뺏길 순 없어. 널 대신 할 대리모는 많아. (지도를 구기며) 여행가고 싶댔지. 가, 가라고. 아일 데리고 멀리 멀리 가버려.

이영서, 바닥에 떨어진 지도 뭉치를 주우려 한다.
손이 닿질 않는다.
남병주, 의자에 다리 꼬고 앉아 내려다본다.
남병주, 가방에서 담배를 꺼낸다.

남병주 너도 한 대 줄까? 기분이 좀 그렇네. 피고 싶으면 펴. 열
달 동안 정도 들고 그냥 헤어지긴 섭섭하잖니.

이영서 섭섭해? 뭐가.

이영서, 기침을 한다.

남병주 난, 말이야. 니가 믿건 말건 끝까지 너랑 잘 해보려고 했
어. (자기의 납작한 배를 내려다본다) 벌써 몇 번째야. 기대하
고 희망하고, 잃고 절망하고.

이영서, 담배를 뺏어 끈다.

이영서 아줌만 아일 사랑해서 원한 게 아니야. 단지 자기 자릴
지키게 해줄 장식품으로 애가 필요한 거뿐이야.

남병주 그래, 필요했었지. 네 말대로 난 엄마 자격이 없는 것 같
아. 그러니까 앨 셋이나 잃었겠지. 그래, 아일 가져가서
잘 길러봐.

이영서가 욕설을 내지르다 배를 움켜쥔다.

남병주	(박수를 친다) 브라보! 잔금은 통장으로 부쳐줄게. 아이가 너처럼 험한 꼴 당하지 않게 하려면, 이 악물고 결심 단단히 해야 할 걸.
이영서	정말… 포기할 거야? 이 애 엄만… 당신이잖아. 당신 아이야. 당신 아이라고! 움직이잖아. 안 보인다고 없는 게 아니라고. 살아 있어.

남병주, 밖으로 나가려 한다.
이영서, 뜨개바늘을 든다.

이영서	(배에게) 니 엄마가 널 두고 달아난대. 그래, 그러면 안 돼! 안 되겠지? 정말, 정말, 우릴 두고 갈 거야? (뜨개바늘로 위협하며) 당신 혼자 우아하게 여길 빠져나갈 거냐고!
남병주	그거 내려놔.
이영서	왜? 이 애랑 아줌마랑 아무 상관없다며. 우리 엄만 몸이 조금만 아프면 술을 먹었어요. 그게 가장 싸게 구할 수 있는 진통제였으니까. 툭하면 "죽고 싶다. 엄마 죽으면 너희들, 어떻게 살래?"
남병주	그 얘길 지금 왜 해!
이영서	내가 울면, 엄만 "같이 갈래?"라고 물었지.
남병주	어떤 엄마가 지 새낄 죽여!
이영서	그럼 당신은! 당신은 뭔데!
남병주	….
이영서	차라리 시작하기 전에 끝내는 게 나아. (배를 보며) 뱃속에서 좋은 꿈만 꾸다… 그치 아가야?

아기의 심장박동 소리 조금씩 들린다.

남병주 니가 얼마나 살아봤다고! 니가 사는 게 뭔지 알아? 죽는
게 쉬운 줄 알아?

이영서 (무시하고 배를 쓰다듬으며) 아가, 멍멍이야, 멍멍이. 짖고
있네, 쓸데없이.

남병주 (귀를 틀어막으며) 제발, 닥쳐, 그만 하라고.

이영서 (다가가며) 자, 엄마한테 작별인살 해야지. 폭주족처럼 멋
지게. 안녕, 엄마. 안녕, 엄마.

남병주 아이가 거꾸로 섰대. 위험하댔어. 수술 받아야 해.

이영서 위험해? 거꾸로? 수술?

이영서, 배를 내려다본다.
아기의 심장박동 소리 거세게 들린다.
이영서, 배가 아프다.

이영서 이게 도대체… (배를 감싸고) 아래가, 아래가… 빠질 것 같
아.

남병주, 이영서를 무심하게 바라본다.
의자에 앉는다.

남병주 그냥 두면 위험하대. 죽어. 죽는대.

이영서, 비명을 지른다.

이영서	안 돼, 안 돼. 죽기 싫어! (이를 악물고 고개를 저어댄다)
남병주	얼굴도 모르는, 모르는… 모르는 애야. (자신에게) 깊게 들이마시고, 내쉬고, 깊게 들이마시고, 내쉬고….
이영서	아파! (비명)

이영서, 기어서 남병주에게 간다.

이영서	나, 좀, 나 좀 살려줘요.
남병주	(허공에다) 깊게 들이마시고, 내쉬고….
이영서	엄마, 무서워. 엄마!

남병주, 쓰러진 영서를 향해 명령하듯 간절하게 혹은 담담하게 말한다.

남병주	깊게 들이마시고, 내쉬고, 깊게 들이마시고, 내쉬고….

모빌의 그림자, 방안 전체를 돈다.
서서히 조명이 어두워진다.
아이의 심장박동 소리가, 방안 전체에 울린다.
앰뷸런스 소리가 요란하다.
어둠 속에서 들리는 아이 울음소리.
모차르트 자장가, 이 모든 소리를 덮는다.

여기서 먼가요?

등장인물   남자 20대 중반
여자 20대 중반
아버지 50대 초반
어머니 40대 후반

무대   원룸 형 주거 공간. 가운데에는 현관,
왼편에는 침대, 오른편에는 부엌공간과 화장실이
있다. 부엌은 냉장고로 칸막이가 되었다. 침대 옆
에는 창이 있다.

막이 오르면 어둠.

전화벨 소리 들린다.

쿵쿵, 위층에서 소리가 들린다.

왼편 창에 불꽃이 일렁거린다. 자라나듯, 아래쪽에서부터 위로

침대에서 남자, 일어나 웃옷을 벗는다.

헤드라이트 불빛 방안을 훑는다.

남자의 시선. 창 쪽을 향한다.

멀리서 개 짖는 소리 들린다.

남자, 일어나서 창으로 간다.

오토바이 엔진 소리 들린다.

남자, 일어나 문을 향해 간다.

뒤돌아본다.

문 밖으로 나간다.

불이 켜지면 앞치마를 두른 여자 등장한다.

방을 둘러보더니, 신문지를 챙기고 걸레질을 한다.

여자   오빠, 나와.

남자, 큰 상을 마주 들고 부엌에서 방으로 되똥되똥 걸어 들어온다. 끙끙대며 방 가운데 내려놓는다.

여자   (상을 둘러보고) 삐뚤어졌는데. (상 한쪽을 잡고) 쪼금만 요쪽으로.

남자   (상에서 물러서며) 됐어.

여자   삐뚤어졌다니까.

남자　　(상을 둘러보고는) 됐어. 이젠 끝이지. 나올 거 나왔지.

여자　　국만 놓으면 돼.

여자, 부엌으로 가고 남자는 상 위의 그릇 자리를 이리저리 바꿔본다.

남자　　(생선접시를 만지며) 생선대가린 동쪽으로, 꼬린 서쪽. (창밖 보며) 야, 우리 집, 동향이냐?

여자　　(목소리) 몰라.

남자　　아침에 해가 창쪽에서 떠?

여자　　(목소리) 그럼, 해가 아침에 뜨지.

남자　　집에 나침반 없냐?

여자　　(목소리) 건 왜?

남자　　아니다. (접시를 아무렇게나 둔다)

여자　　(목소리) 몇 시야?

남자　　그건 왜?

여자　　(국자를 들고 나오며) 간 좀 봐.

여자, 남자에게 국자를 건넨다.
남자, 국물 맛을 본다.

여자　　(조마조마) 어때?

남자　　어떻긴. 국 맛이지.

여자　　짜? 싱거워?

남자　　(입맛 다시며) 써.

여자　　(국자를 받아들며) 써?

여자, 국물을 맛본다.

여자   (울상 지으며) 요리책대로 무는 납작납작 썰고 쇠고긴 핏물 빼고, 파… 소금이랑 후추. (남자 보며) 그렇게 이상해?

남자   쫌.

여자   설탕 좀 넣을까.

남자   커피 타냐?

여자   미역국으로 바꿀까. 찬장에 삼분 미역국 있는데. 생일날 남은 거.

남자   대충 하자.

여자   (국자를 들고 돌아서다) 차라리 국은 뺄까?

남자   빼면? 국물이 없잖아.

여자   (국자 들고 망설인다) 국물 맛이 영 아니라며.

부엌 쪽에서 냄비 뚜껑 덜컹거리는 소리 들린다.

여자   국, 국 넘친다.

여자 급히 부엌 쪽으로 간다.
냄비뚜껑 바닥에 떨어지는 소리 들린다.

남자   탔어?

여자   (목소리) 넘쳤어.

여자가 냄비를 들고 종종 걸음으로 온다.

여자   아 뜨, 아 뜨거. 국, 국.

남자, 상을 둘러본다.

여자   뜨거, 빨리 빨리.

남자, 그릇을 옮겨 자리를 만든다.

여자   (제자리에서 종종대며) 어디 놔? 거기?

여자, 냄비를 재빨리 상 가운데에 놓는다.
반찬그릇 몇 개가 밀려 바닥에 떨어진다.

여자   (두 손을 호호 불며) 어쩌지?
남자   어쩌긴, 걸레.

여자, 화장실로 사라진다.
천장에서 구슬들이 떨어지는 소리 들린다.
남자, 올려다본다.
여자, 걸레를 들고 나와 바닥에 놓고 그릇들을 포갠다.
구슬, 또르르 굴러가는 소리 들린다.

여자   (걸레질치며) 또 시작이네.
남자   (천장을 올려다보며) 쥐새끼들.
여자   참아야지.
남자   더는 못 참겠으면?

남자, 보이지 않는 구슬을 찾듯 천장을 보며 움직인다.

여자   (접시를 챙겨 일어서며) 음악이라도 틀까?
남자   관둬.
여자   (부엌 쪽으로 가면서) 그치겠지. 쫌 있으면.
남자   비야? 때 되면 그치게.

여자, 방으로 돌아온다.

여자   (앞치마를 풀며) 안 오시네요. 오빠, 전화했댔지?
남자   (현관 쪽을 바라보며) 어, 온댔어.
여자   분명 오신댔지?

남자, 고개를 끄덕인다.

여자   기다리지 뭐.

남자와 여자, 인형처럼 침대에 나란히 앉는다.
대사는 정면을 향해 한다.

여자   음식, 식겠다.
남자   데우면 돼.
여자   영영 안 오면?
남자   오긴 올 거야.

남자, 침대에서 일어나 창으로 간다.

남자	(창밖 내다보며) 올 거야.
여자	(일어나 화장품 가방을 꺼낸다) 보여?
남자	아니.

남자, 창문을 연다.

여자	(화장을 고친다) 추워, 창문 닫아.
남자	냄새 빼야지.
여자	(립스틱 바르며) 먼지 들어올 텐데. 향 피울까?
남자	(창밖을 내다보며) 왜 이렇게 깜깜해. (발돋음하며) 가로등이 꺼졌어.
여자	누가 깼대. 돌 던져서.
남자	… 그래.
여자	(입술을 오므렸다 쩝쩝대며) 주인 여자가 대문 꼭꼭 잠그고 다니래. 새벽 예배를 가려고 나섰더니 대문이 열려 있었대. (사이) 새벽에 나갔어?
남자	자물쇠나 바꿔 달지. 초인종도.
여자	(일어서며) 아! 알았다.

남자, 여자를 바라본다.

여자	마늘, 마늘을 너무 많이 넣었어.
남자	무슨 마늘?
여자	국에 마늘.
남자	그럼 써?
여자	마늘 맛이야.

남자   마늘 빼.

여자   국에서 마늘만 어떻게 빼.

현관문 두드리는 소리 들린다.

여자와 남자 일어난다.

문이 열린다.

어머니가 먼저 들어온다. 한 손에는 선물꾸러미 다른 손에는 밧줄

을 쥐었다.

어머니가 줄을 당기자, 목에 밧줄을 멘 아버지가 나타난다.

둘 다 선글라스를 썼다.

남자   왔어요.

여자   (현관 앞에 슬리퍼 놓으며) 이거…….

어머니   (둘러보며) 무슨 냄새지? (미간 찌푸리며) 또, 뭘 태웠니?

여자   국을 좀.

어머니, 슬리퍼를 신으며, 남자를 본다.

남자, 고개를 외로 꼰다.

어머니   (남자 보며) 넌, 여전하구나. (여자를 보며) 여전들 하셔.

어머니, 줄을 쥐고 걸어간다.

아버지, 상 모서리에 부딪친다.

여자   (아버지에게 다가가) 괜찮으세여?

어머니   괜찮겠니? 길 찾는데 애 먹었다. 진 다 뺐어. (침대 위에 털

썩 앉으며) 물 좀 다오.

아버지, 방바닥에서 더듬거린다.
여자, 남자에게 눈짓 보낸다.
남자, 아버지 팔을 잡는다. 아버지, 말끄러미 남자를 본다.
아버지, 뒤로 물러난다.
남자는 고개를 돌리고 아버지의 팔을 잡아끈다.
여자, 부엌으로 간다.
남자, 아버지를 상 앞에 앉힌다.

여자　(목소리) 찬물 드릴까요? 따뜻한 물 드릴까요?
어머니　생수. 얼음 있지?

상 앞의 아버지는 몸을 비비 꼰다.

어머니　왜? 어디 불편해?

아버지, 끙끙거린다.

어머니　화장실 어딨니? 모셔다 드려.

남자는 아버지의 팔을 잡고 일으켜 세운다. 화장실로 데려간다.
아버지, 문을 닫고 안으로 들어간다.
물잔을 들고 가던 여자가 화장실 전기 스위치를 올리려 한다.

어머니　불은 됐어. 켜나 안 켜나 깜깜해. 물.

어머니는 컵을 받아들고 물을 마신다.

여자는 쟁반을 들고 그 곁에 선다.

남자는 상 아래서 수저통을 꺼내, 수저를 놓는다.

어머니　(컵을 도로 주며) 이 동넬 네 바퀴나 돌았어. 네 아버님 끌고. 개천 변에서 뜀박질을 하던 남자에게 길을 물었지. 들은 체도 않더라. (코트를 벗으며) 세탁소에도 들어가고. 네 이름을 불러줬더니 고개만 설레설레 젓대.

여자　(코트를 받아들며) 옷은 제 이름으로 맡겨요.

어머니　부동산을 찾아갔지. 주인장이 졸더라. 나야 깰 때까지 기다리자고 했는데, 네 아버지가 기어코 깨웠지.

화장실에서 뭔가 부서지는 소리 들린다.

여자, 코트를 들고 화장실로 가려고 한다.

어머니　신경 꺼라. 물어물어 여기까지 왔다.

여자　고생하셨겠네요, 어머님.

어머니　골목길은 왜 이렇게 컴컴하니.

여자　전활 하시죠. 그럼, 마중 나갔을 텐데.

어머니　(남자를 보며) 전환 너희가 해야지. 오기로 한 사람이 안 오면 길을 잃었나, 무슨 일이 있나 걱정 안 돼? 너흰 궁둥이 붙이고 앉아서 고작 전화질이나 하고, 우리는 발바닥에 땀나도록, 깜깜한 골목길을 헤매는데. (손수건 꺼낸다)

여자　… 죄송합니다.

어머니　저 양반 돌아가자는 걸 내가 잡아끌었다. 영영 안 만나고 살 거냐고. 이번마저 등 돌리면 (줄을 잡아당기는 시늉) 영영 못 본다고.

물 내리는 소리 들린다.

어머니   (화장실 쪽을 보며) 꺼내드려라.
남자   (화장실로 가려는 여자에게) 넌, 가서 밥 퍼.

여자, 쟁반과 물컵을 들고 부엌으로 가다가, 화장실에서 나오던
아버지와 마주친다.
둘은 같은 방향으로 움직인다.
아버지가 납작 엎드린다.

여자   (쟁반과 물컵을 양손에 들고 어쩔 줄 모른) 일어나세요. 오
빠! 아버님 좀.

남자, 아버지를 잡으려고 한다.
아버지는 남자의 손길을 피해 기어간다.
남자, 아버지를 따라 움직인다. 상 밑으로 들어간다.
상이 들썩거린다.
어머니, 일어나 아버지의 목줄을 잡고 끌어낸다.

어머니   (상 앞에 앉히며) 여기, 가만있어.

어머니와 아버지, 상 중앙에 영정 사진처럼 앉았다.
부엌으로 갔던 여자, 밥을 퍼왔다.

어머니 기도하자.

다들, 자리에 앉는다. 둘러앉아 기도한다.
아버지, 손으로 더듬더듬 밥공기를 찾는다.

어머니 오늘 저희 가족을 이렇게 한 자리에 모였습니다. 지난날
있었던 모든 일들은 잊고, 용서하며, 감싸주고.

아버지가 밥을 손으로 먹는다.
여자는 눈을 뜨고 아버지 손에 수저를 쥐어준다.

어머니 (격해지며) 우리가 죄지은 자를 사하여 준 것처럼 우리 죄
를 사하여 주옵시고. 어떤 시련에도 굴하지 않게 하시며.

아버지는 수저질이 서투르다. 밥덩이가 떨어진다.
수저로 밥공기 주변을 두드린다.

어머니 지옥의 불꽃 속에서도 일곱 겹의 화염 속에서도 우리를
구원하사.

어머니, 눈을 뜨고 아버지의 수저를 뺏는다. 뺨을 때린다.
아버지 누구에게 맞는지 모른다. 두리번거린다.
어머니 머리통을 때리자 아버지 웅크리고 머리를 감싼다.

어머니 (눈을 감고 수저를 쥔 채) 아멘하자. 아멘.

여자, 아버지를 일으켜 앉히고 수저를 쥐어준다.

여자 (남자 보며) 오빠, 국 좀 데워 올까?

남자 (수저질을 하며) 국은 됐어.

어머니 쟤 원래 국 안 먹는다.

여자, 제자리에 앉는다.

다들 묵묵히 수저질을 한다.

여자 (접시를 아버지 앞에 놓아주며) 여기, 고기 좀 드세요.

어머니 고기가 눈에 뵈니? 그냥 주면 못 먹어. 먹여드려야지.

여자가 아버지에게 고기를 먹인다.

아버지는 계속 받아먹는다.

여자 어머님, 진지는?

어머니 방은 어떻게 구했니? 돈은 어디서 나서.

남자 일해요.

어머니 일?

여자 오빠 직장 나가요. 석 달 됐어요. 대리점에서 제일 잘 팔아요. 지난달에는 보너스도 받아왔어요.

남자 말했잖아. 전화로 핸드폰 판다고.

어머니 뭘 팔아?

남자 핸 · 드 · 폰.

여자 점장님이 오빠가 세일즈에 소질이 있대요. 남들이 한 대 팔 때 두 대 팔고.

어머니	(끊고) 우리 집에 치와와 한 마리를 키웠지. 어느 날 집에 와보니 없어졌더라. 목걸이와 개집만 남았어. 난, 쉐리가 집을 나간 줄 알았어. 길을 잃었구나. 온 동네를 쏘다니며 전단지를 붙였단다. 눈앞이 깜깜했지. (젓가락으로 상을 두드리며) 쉐리 찾아요. 골목길을 돌았지. 우리 쉐리 못 보셨나요. 경찰은 갠 안 찾아준대. 실종이 아니라 분실이래.
남자	그 개새낀 너무 시끄러웠어. 나만 보면 짖고. 발자국 소리만 들리면 으르렁으르렁.
어머니	저 앤 개를 샘냈단다. 아주 작은 개였어. (밥그릇을 가리키며) 요런데 쏙 담길 정도로 작고 귀여운 개였지. 나를 끔찍하게 사랑하던. 자식새끼 같은 개새끼였다. (여자를 보며) 그런데 말이다, 애야 그 개가.
여자	예, 쉐리요, 어머님.
어머니	저 애가 쉐릴 팔아넘겼어. 상자에 넣어 넘겼대, 개장수에게. 팔천 원 받고. 개 값으로.
여자	… 팔천 원이요?
어머니	오토바이 사려고 했단다. 치와왈 팔아서. 개새낄, 개새끼 (웃는다) 한심한 새끼지.
남자	그만 해. 그 거짓말 지겹지도 않아?

여자, 앞치마로 아버지 입가를 닦아준다.

어머니	거짓말이라니. 네 아버진 널 죽도록 팼어. 죽을 뻔했잖아. 고막도 터지고. 난 너무 무서웠어. 종찬 아빠, 다신 개 얘길 안 할 게. 그때 일을 떠올리면 지금도 가슴이 아

파. (가슴을 어루만지며) 애, 물이 없구나.

여자, 일어나 부엌 쪽으로 간다.
천장에서 쿵쿵 소리 난다.
어머니, 위를 올려다본다.
쿵쿵 소리에 따라 고개가 움직인다.

어머니   무슨 소리니?
남자   윗집 애들이에요.
어머니   (혀를 차며) 좀 올라가 봐라.
남자   소용없어.
어머니   그럼, 내버려둬? 어민 뭐 한대?
여자   (물잔 건네주며) 애들만 있어요. 일곱 살이랑 다섯 살짜리.
남자   계집애랑 사내애.
어머니   애들만 두고 어민 어디 갔대?
남자   … 없어요. 죽었어요.
어머니   죽어?
여자   (천장을 올려다보며) 지난달에 죽었어요.

천장 쪽 소리 더 커진다.

어머니   애들 애빈?
남자   감옥에요.
어머니   사람을 죽였는데?
여자   벌을 받겠죠.

아버지, 비틀비틀 일어선다.
천장의 소리를 따라 움직인다.
여자, 아버지를 앉히려고 한다.
아버지는 꼼짝도 안 한다.

어머니　… 앉아, 여보.

아버지, 뒤돌아본다. 소리 나는 곳을 찾는다.

어머니　귀먹었어! 앉아.
남자　앉아. 아버지.

여자, 아버지를 앉힌다.

여자　조금 있으면 멈춰요.

천장에서 통통, 소리 들린다.

여자　오빠가 공을 던지면 (공 던지는 시늉) 여자아인 주우러 가
요. (천장에서 발자국 소리 들린다) 방이 좁아서 공은 금세 벽
에 부딪쳐요. 주워 와선 다시 던져달라고 해요. (공 소리
난다) 오빠 공을 화장실로 던지고. 여자 아인 쫓아가고 (문
이 쾅 닫히는 소리가 들린다) 잠잠해져요.

소리, 그친다. 모두 아무 말 없이 정지화면처럼 앉아 있다.

어머니	(수저질을 시작한다) 국 맛이 왜 이러니. 여기 뭐, 탔니?
여자	마늘.

아버지, 상 옆에서 주전자를 더듬어 주둥이에 입을 댄다.
여자, 주전자를 들어 물을 먹여준다.

어머니	참, 예정일이 언제랬지?
여자	(고개를 숙이며) 내년 봄이요. (배를 감싸며) 3월 말쯤이랬어요.
어머니	아직 멀었네. 초산이랬나?
여자	(고개를 숙인다) 예. 낳긴 첨 낳아 봐요. 병원에서 쌍둥이래요. 여자애랑 남자애.
어머니	쌍둥이? 뭘 어쨌기에. (남자를 보며) 여기서 기를 참이니? 너희 둘이.
남자	그럼? 생긴 앨 어쩌라고.
어머니	그래, 아이란 게 그렇지. 하지만 난 그땔 못 잊는다. 넌 저 앨 데려와서 함께 살겠다고 했지. 오토바이 헬멧으로 방바닥으로 쿵쿵, 두드렸어. 넌, 팔짱을 끼고 날 노려봤지.
여자	(고개를 숙인다) 그때 저흰 어렸어요. 오빠 갇혔고.
남자	아버진, 날 가뒀어.
어머니	몇 년이 흘렀지. 넌 우리에게 전화를 했어. (수저를 놓는다) 난 사실 놀랐다. 네가 우리에게 연락을 할 줄 몰랐어. 설마 먼저.
여자	제가 부탁했어요, 오빠한테. 오빠 검정고시도 치른댔어요.
어머니	죽은 사람한테 아니, 죽은 셈 쳤던 재한테 전화가 온 거

야. 밥을 먹자고.

여자 (고개를 숙이며) 예, 밥이요. 밥이나 한 끼.

어머니 난 겁이 났다. 전화를 끊었다. 다시 걸려왔어. 저 애는 자기가 새사람이 되었다고 했어. (흉내내며) 어머니, 저는 정말 새사람이 되었어요. 곧 아이 아빠가 돼요. 전, 새로 다시 살아볼 거예요.

아버지는 도리질을 친다.

어머니 네 아버진 싫다고 하셨다. 난 밥 한 끼 정도는 괜찮지 않을까 했다. 무섭단 사람 끌고 먼 길 왔다.

여자, 고개를 조아린다.

여자 저흰 앞으로.

어머니 쉐리는 죽었고, 네 아버지와 난 언제나 불구덩이에서 뒹굴고 있어. 석쇠에 나란히 누운 생선처럼 꼼짝 못한다. 나는 눈을 감았다. 널 볼 수가 없었다. (아들에게서 고개를 돌리며) 아버진 눈을 떴지.

아버지는 주섬주섬 일어난다. 샤방을 더듬거린다.

어머니 네 아버진 널 봤다. 똑똑히.

남자 ….

어머니 눈이 멀었지. 널 보고는. 애빌 죽이려는 널 보고는, 구운 생선눈깔처럼 하얗게.

여자   실수였어요.

어머니   쟬 낳은 게 실수지. 하긴, 뭘 낳게 될지 누가 알겠냐만.

여자, 배를 감싸 안는다.
아버지, 현관으로 기어간다.
불이 난 집안에서 달아나려는 듯 절박해 보인다.

어머니   (일어서며) 여보 그쪽이 아니야. 문이 없어.

아버지, 벽에 머리를 부딪친다.
어머니, 줄을 잡아당긴다.
아버지, 허우적거리며 끌려온다.

어머니   이젠 달아나지 않아도 돼. 오래 전에 끝났어.

여자와 남자도 일어선다.
남자, 아버지를 뒤에서 안는다.
아버지, 몸부림친다.
남자, 아버지를 질질 끌어 자리에 앉힌다.

여자   아버님, 물, 물 드릴까요?

남자   걸레… 뭐 해, 걸레 가져와.

어머니   네 아버진 아주 순해졌어. 아이처럼.

여자   (걸레질하며) 오빠도 잠을 못자고 새벽녘까지 뒤척여요. 자
         다가 땀을 흘리고 헛소리도 해요. 울면서, 울면서 잘못을
         빌어요. 자다가 집을 뛰쳐나가요. 신발도 안 신고.

어머니	다신 돌아오지 않을 게다. 언젠간.
여자	아니에요. 오빠는 새사람이 되었어요. 우린, 행복하게 언제까지나.
어머니	됐다. 아무 것도 변하지 않을 테니까.
여자	(걸레질 멈춘다) 실수였어요. 어머님, 그땐 우린 너무 어렸어요. 저는 그냥. (걸레를 비튼다)
어머니	석유통을 들고 골목길로 넌 달음질쳤지.
남자	내가 시켰어. 싫다는 걸 억지로. (여자의 손을 잡으며) 덜덜 떨길래 잡아줬어.
어머니	우린 영영 불 속에서 헤맨다.
남자	그땐 어쩔 수 없었어.
어머니	서로를 볼 때마다 너흰 불을 보게 될 거다. 너희가 싸지른 불은 씨앗이 되어 너희마저 살라먹겠지. 불이 불씨를 낳고, 불씨를 키워 불을 낳고.

여자와 남자 마주본다.

여자	아니야. 난 아무것도 못 봤어. 눈을 감았으니까.
남자	아니야. 난 아무 것도 못 봤어. 눈을 감았으니까.
여자와 남자	우린 아무 것도 몰랐어. 실수였으니까.

여자와 남자 서로에게서 물러선다.

어머니	(가슴을 뜯으며) 얼음을 다오.
아버지	(벽에 몸을 부딪친다) 여기서 나가자. 문 좀 열어줘!

아래층에서 고함 소리 들린다.

남자   (목소리) 미쳤어! 너희들 왜 밤마다 못을 박아대.

어머니   (아버지를 잡는다) 가요.

남자   제발, 가세요.

어머니   우릴 부른 건 너희들이야. 매년 이날, 너희가 우릴 애타게 불렀잖아.

전화벨 소리 들린다.
아버지, 무슨 소리를 들은 듯 몸을 일으킨다.
귀를 막는다.

여자   (가로막으며) 이렇게는 못 가세요. 그냥은 못 가세요.

여자, 아버지 앞에 엎드린다.

여자   용서한다, 모든 것을 용서한다고 말해주세요, 제발.

아버지, 엎드려서 짖어댄다.

어머니   (나가다 돌아선다) 깜빡할 뻔했다. (가져온 선물꾸러미를 건네며) 우리 가거든 풀어봐라.

여자, 선물꾸러미를 받아든다.

어머니   아인, 봄에 나온댔지. 그래, 봄. 내년엔 네 아이들을 보겠구나. 너희와 똑 닮은.

여자   이걸로 끝장 낼 거예요.

어머니   끝이긴. 그 아이들은 너흴 잘 모르겠지. 아이들은 너흴,
너흰 아이들을 아직 못 봤지. 우리가 알려줘야겠지. 너희
가 어떤 사람인지를.

아버지, 짖어댄다. 어머니, 아버지의 줄을 잡아당긴다.

어머니와 아버지, 밖으로 나간다.

개 짖는 소리 들린다.

남자, 창문을 닫는다.

여자, 선물꾸러미를 푼다.

공이 떨어진다.

여자, 남자에게 공을 던진다.

남자, 받아 안는다. 남자가 공을 던진다. 떨어진다.

여자 주우러간다. 다시 던진다.

오토바이 소리, 헤드라이트 불빛 천장에 길을 낸다.

남자, 여자에게 공을 던진다.

여자와 남자 사이의 거리 점점 벌어진다.

맞장구치듯 천장의 공 소리도 점점 커진다.

공, 떨어진다. 여자 주워온다. 남자, 공을 벽으로 던진다.

여자, 발 아래 공을 내려다본다.

조명이 무대를 붉게 물들인다.

암전.

어둠 속에서 전화벨 소리 울린다.

상자 속 흡혈귀

등장인물 쏘냐 엄마 50대
     바냐 아들 30대
     아냐 딸 10대 후반
     사장 40대 초반
     미봉 30대
     남자 다역
     여자 다역

장소   서울 외곽의 호숫가 유원지

1장. 유령의 집

어둠 속에서 목소리, 들린다.

여자 (목소리) 오빠, 여기 너무 깜깜해.

남자 (목소리) 오빠 꽉 잡아.

여자 (목소리) 무서워… 잠깐… 내 발밑으로… 뭐가 지나갔어.

남자 (목소리) 뭐?

여자 (목소리, 낮게) 쥐! … 쥐!

남자 (목소리) 쥐?

여자의 비명소리와 발자국 소리 들린다.
여자와 남자, 유령의 집으로 뛰어 들어온다.

남자 진짜 쥐였어?

여자 그렇다니까. 오빠, 나 못 믿어?

갑자기 괴기스러운 웃음소리와 함께 관 뚜껑 열린다.
쏘냐, 바냐, 아냐 관 속에 서 있다.

여자 어머, 오빠… 흡혈귀야. 흡혈귀. 민지, 무서워.

남자 괜찮아. 민지. 오빠 있잖아.

남자와 여자, 바냐를 마네킹인 줄 착각하고 그 조악함에 혀를
찬다.

남자 (둘러보며) 뭔 유원지가 이렇게 후졌어. 놀이기군 다 고장
났고, 연 덴 유령의 집뿐이고. 손님은 우리밖에 없고….

남자, 여자를 덥석 끌어안는다.

여자 왜 이래….
남자 어허, 가만 좀 있어봐.
여자 오빠. 누가 보면 어쩌려고.
남자 (관객석 보며) 누가 본다고.

남자와 여자, 본격적으로 애정 행각을 벌인다.
쏘냐, 바냐, 아냐는 남녀의 동작에 따라 자동인형처럼 고개를 움
직인다.
바냐, 히죽거린다.
아냐는 가만있으라고 눈치주고, 쏘냐는 혀를 끌끌 찬다.
여자, 흡혈귀가 움직이는 걸 본다.
여자, 떨어져 나와 황급히 옷매무새 고친다.

남자 오빠, 한참 거시기 한데… 이러기야.

흡혈귀들 일어선다.

바냐는 위협하고, 쏘냐는 팔짱을 끼고 선다.

아냐, 남자와 여자 주위를 돈다.

남자   어, 뭐야.

여자   어떻게, 어떻게. 다 봤나봐.

바냐   (국어책 읽듯이) 유령의 집에 온 걸 환영한다. 나는 흡혈귀, 어둠의 왕자 바실리코프 드라큘라다. 우리들은 머나먼 트란실바니아에서 너희들의 피를 빨러 여기까지 왔다!

여자   아저씨, 왜 자꾸 실실 쪼개!

쏘냐   아저씨! 세상에!

여자   저 아줌만 뭐야?

쏘냐   세상에! 아줌마라니! 아줌마라니! 나는 드라큘라 백작부인이다!

여자   백작부인? 오, 그러세요. 그럼, 난 조선의 국모네요.

쏘냐   세상에! (중얼중얼) 아텐치에! 페리콜 데 모아르테.[1]

여자   완전 재롱잔치네. 이러고도 돈 받고 싶나.

아냐, 여자와 남자를 위협하듯 주위를 빙빙 돈다.

아냐, 남자에게 다가간다.

여자   앤 또 뭐니?

여자, 남자를 막아서며 아냐를 따라 움직인다.

아냐, 남자에게 더 바짝 다가간다.

---

1) '조심해라' '목숨이 위험하다' 라는 뜻의 루마니아어.

여자   (남자 팔 당기며) 오빠, 나가자. 민지, 불쾌해.
남자   (아냐 보며) 어어.

아냐, 뒤도는 남자의 목덜미에 달려든다.
남자, 비명을 지른다.

여자   (아냐를 잡아당기며) 뭐야! 떨어져!

아냐, 떨어지지 않는다.
바냐, 달려와 아냐를 잡아끈다.
남자에게서 떨어진 아냐, 입가를 닦는다.
남자, 목덜미를 감싼다.

여자   오빠, 괜찮아?
남자   (목덜미 만지며) 어.
여자   너, 뭐야 뭔데 사람을 물어!
남자   문 게 아니라, 살짝 핥았어.
여자   핥아?
남자   아니. 그냥 빨았⋯.
여자   빨아? 야 니들 뭐야? 뭔데⋯.
바냐   죄송합니다. 죄송합니다. 얘가 연기에 몰입해서.
여자   (어이없다) 당신들 여기 직원이지. 손님을 물어!
쏘냐   (우렁차게) 아텐치에! 하찮은 인간 따위가!
여자   이 아줌마가. 어따 대고 막말이야! 해보자는 거야? 어!
남자   (여자 손목 잡으며) 나가자.
여자   (손목 뿌리치며) 사장 어딨어? 사장 나오라고 해.

남자   민지야, 우리 불이나 끄러 가자.

바냐, 덤비려는 아냐를 뒤에서 안는다.
여자, 남자의 손을 잡고 나간다.

아냐   데 떼 드라꾸²⁾! (아냐, 바냐 품에서 벗어난다) 오빤 밸도 없어.
바냐   손님이잖아. 니가 참어.
쏘냐   아냐, 쫓아가서 물어버려라.
아냐   잘 됐다, 요즘 이빨도 근질근질한데. 저것들을 그냥 확!
바냐   (말리며) 아냐! 손님을 물면 어떻게.

사장, 빠른 걸음으로 등장한다.

바냐   사장님, 오셨어요.
사장   아 미치겠네. 다들 이리 와 보세요.

바냐, 사장 앞으로 간다.

사장   (손짓하며) 아냐. 또 손님을 무셨다며.

바냐, 아냐를 사장 앞으로 데려간다.

사장   아줌만? 귀 막혔습니까? 아니, 손님한테 욕을 해요? 아줌마, 뭐, 잘못 드셨어요?

_____

2) 꺼져, 엿 먹어(루마니아어).

바냐	어머니, 아파요.
사장	또? 나도 아파. 속이 쓰려, 니들만 보면.
바냐	어머니, 많이 아파요. 유령의 집에 갇혀서 운동도 못하고 매일 텔레비전만 보니까.
사장	내가 니들 가뒀어? 나가, 나가!
아냐	여긴 공기가 너무 탁해.

사장의 전화벨 울린다.

사장	(액정화면을 확인하곤) 해피 머니? (전화기에다 대고) 아, 나 죽었거든요. 돈 받으려면 저승으로 전화하세요. (전화 끊는다)
사장	오갈 데 없는 니들, 누가 거둬줬어? 루마니아에서 쫓겨나 밀입국한 니들, 재워주고 일자리 준 사람이 누구야?
바냐	… 사장님요.
사장	그걸 아는 것들이, 손님한테 덤벼? 돌겠네, 돌겠어.
아냐	(으르렁) 저것들이 먼저 덤볐다고!
사장	(흠칫) 넌 왜 걸핏하면 반말이야.
바냐	아냔, 지 딴엔 열심히 한다고, 저도…. (어설픈 흡혈귀 시늉한다)
사장	열심? 바냐. 거울에 낯짝 좀 비춰 봐. 니가 어딜 봐서 흡혈귀니.
바냐	사장님, 잘 할게요. 저, 엄청 무서워질게요.
사장	드림월드 망하면 유령의 집도 없고, 니들도 없어. 숙주가 죽으면 기생충도 죽습니다. 당신들 불법 체류잖아. 여기 망하면 꼼짝없이 실업자에 노숙자라고. 우리 같이

좀 살자.

미봉, 빗자루를 들고, 뛰어 들어온다.

미봉   쥐, 쥐.

미봉, 무대와 인물들 사이를 빙빙 돌며 쥐를 쫓는다.
빗자루로 바닥을 탕탕 치고 다닌다.
바냐의 시선, 미봉을 쫓아다닌다.

사장   당신 뭐해요?
미봉   쉿! (빗자루 들고 사장에게 간다) 당신, 거기 꼼짝 마.
사장   (발 밑 살피며) 왜?
미봉   이놈의 쥐새끼!

빗자루 들어 사장을 후려치려고 한다.
사장, 간발의 차로 피한다.

사장   빗자루 들고 설친다고 쥐가 잡혀요!
미봉   (빙빙 돌며) 분명히 여기로 기어들어왔는데.

사장의 전화가 다시 울린다.
사장, 임 회장과 통화하며 잠시 퇴장.

사장   아, 예 임 회장님. 예? 아뇨, 괜찮습니다. 긍정적으로 검
          토하는 중입니다. 이런 일일수록 신중해야죠. 알죠, 편의

봐주신 거. 하지만 당장은….

미봉, 쏘냐에게 치마 좀 살짝 올리라고 신호 보낸다.
쏘냐, 팔짱을 낀 채 꼼짝도 하지 않는다.
미봉, 아냐에게 다가간다.
바냐, 미봉의 뒤를 쫓는다.
미봉, 손짓하지만 아냐는 아랑곳하지 않는다.
바냐, 아냐를 민다.
미봉, 아냐가 서 있던 자리를 빗자루로 탕탕 친다.

바냐   잡았어요?

미봉, 고개를 젓는다.

미봉   이놈의 쥐새끼. 발에 바퀴가 달렸나? 등짝에 날개가 돋았
나?

미봉, 빗자루를 들고 관객석 사이로 뛰어 사라진다.
바냐, 미봉의 뒷모습 한참 본다.

아냐   아주 넋이 나갔네. 왜 같이 쥐 사냥가지.
바냐   (돌아서며) 뭘….
아냐   … 쩐다, 쩔어.
쏘냐   니들 목 안 마르니?

쏘냐, 슬금슬금 움직여 치마 밑에서 쥐를 꺼낸다.

아냐와 바냐에게 하나씩 준다.

쏘냐와 아냐, 쥐를 쪽쪽 빤다.

쏘냐 바냔 왜 안 먹느냐? 씁쓸하지만 먹을 만하다.

바냐 어머니, 전 금피 중이잖아요.

아냐 아, 입에 쫙 달라붙어. 오빠, 진짜 한 모금도 안 빨 거야?

바냐, 살짝 번민한다. 이때, 누군가 들어오는 소리가 들린다.

사장이다. 쏘냐와 아냐, 황급히 쥐를 감추고 모두 열심히 흡혈귀

연기를 한다.

사장의 전화벨이 또 울린다.

돈을 빌려달라고 부탁했던 친구가 거절하는 전화를 걸었다.

사장 다 때려쳐!

바냐 왜요, 사장님. 안 무서워요? (어설프게 겁준다)

사장 드림월드 문 닫습니다.

바냐 문을 닫아요? 아직 근무시간이 좀 남았는데요.

사장 클로즈. 아예 문 닫는다고. 드림월드 폐장한다.

아냐 뭐?

사장 곧 공사 시작하니까 여길 비워줘야 해. 그동안 수고 많았
습니다.

사장, 나가려고 한다.

바냐, 잡는다.

바냐 사장님, 여길 떠나면, 우린 어디로 가라고.

아냐	나가? 그래 나가면 될 거 아니야. 이런 거지같은 데보다 훨씬 좋은 데로 갈 거라고.
바냐	아냐! 흥분하지 말고. 사장님….
사장	잘됐네. 가세요. 가. 댁들은 댁들 갈 길 가라고.
쏘냐	(주저앉으며) 여긴 우리 영지다. 떠나려면 너희 인간들이 떠나라.
아냐	(손 내밀며) 먼저 밀린 월급이나 내놔.
사장	월급? 낯짝도 두껍지. 니들이 뭘 했다고?
아냐	뭐?
사장	계산해봐. 방값이랑 수도세, 전기세 빼면 남는 거 없어.
아냐	뭐, 사장, 완전 나쁘네. 내놔! 우리 월급!
사장	주고 싶어도 돈이 없다고. 그리고 니들 나한테 빚이 얼마야? 소개비하고.
아냐	지금, 배 째자는 거지!
사장	그래, 째라. 어차피 내 속 다 곪았어!

아냐, 사장에게 덤비려고 한다.

사장	또, 무시겠다. 어디 (목덜미 내밀며) 물어봐. 물어봐.

바냐, 아냐를 잡는다.

바냐	사장님, 갑자기 이러시면… 저희 갈 데도 없는데.
사장	내일모렙니다. 나도 죽을 맛이야. 그 전에 싹 비우고 나가주세요.

사장, 퇴장한다.

쏘냐   바냐, 아날 풀어줘라. 아냐 쫓아가서 사장 놈의 목 줄기를 물어뜯어라.

바냐   아냐, 여기선 절대 사람을 해치지 않기로 약속했잖아.

아냐, 튀어나가려고 한다.

바냐   (막아서며) 물어서 해결돼? 차라리 좀비로 만들면.

아냐   왜? 사장 좀비 만들고 사장 마누라 꿰차게?

바냐   아냐!

아냐   그럼, 어떻게! 우릴 쫓아낸다잖아. 월급도 안 주고!

바냐   여기서 쫓겨나면 또 헤매 다녀야 하잖아. 내가 부탁해 볼게. 여길 닫지 말아달라고. 우릴 내쫓지 말라고. 미봉 씨한테.

아냐   사장 마누라한테?

쏘냐   못난 놈!

바냐   솔직히 말하는 거야. 햇빛 아래로 쫓겨나면 우리 목숨이 위험하다고.

아냐   우리가 사실은 흡혈귀였다, 커밍아웃하게?

바냐   미봉 씨가… 놀라면 어쩌지? 흡혈귀인 걸 알면 날 괴물처럼 보겠지.

아냐   지금 그걸 걱정할 때야? 돈 한 푼 못 받고 쫓겨나게 생겼다고!

쏘냐   저런 인간만도 못한 놈!

바냐   아냐, 내가 미봉 씨한테 부탁해 볼게. 조금만 기다려주라.

아냐   오빠 삼천 살이나 먹었는데, 왜 그렇게 철이 없어? 인간 따위한테 뭘 기대해?

바냐   아냐…. 이번엔 다르단 말이야.

아냐   알아서 해. 수틀리면 사장이고, 사장 마누라고 다 물어 버릴 거야.

쏘냐   그래, 여길 우리 영지로 만드는 거다!

바냐   다들 제발 좀! 엄마, 아냐, 제가 알아서 잘 해볼게요.

소냐와 아냐, 바냐에게서 등을 돌린다.
노래 흘러나온다.
딕 패밀리의 〈또 만나요〉 노래에 맞춰 세 명의 흡혈귀 마트 직원처럼 기계적으로 율동한다. (손 왼쪽으로 흔들고 오른쪽으로 흔들고 반짝반짝 반절 인사. 고개 도리도리, 손 왼쪽 오른쪽으로 흔들고. "또 오세요")
하루 일과를 마치고 저녁식사 준비를 한다.

2장. 유령의 집

TV에서 가요무대 주제가가 들린다.
쏘냐, 텔레비전을 보며 박수를 치며 좋아한다.
아냐, 몸단장을 한다.
전자렌지가 땡, 작동 멈추는 소리.
바냐, 밥상을 들고 들어온다.
쏘냐, 바냐가 텔레비전을 가린다고 손짓한다.
바냐, 밥상을 옆으로 옮긴다.
전자레인지에서 꺼내온 파우치 두 개, 뜨겁다.
바냐, 호호 불며 가위로 잘라 빨대를 꽂는다.

바냐　　아냐, 어머니 저녁 드세요.

아냐　　(자리에 앉으며) 엄마, 피 식어. 빨리 빨자.

쏘냐, 텔레비전에서 눈을 떼지 못한 채 밥상 앞에 앉는다.

아냐　　오빠? 또 굶게?

바냐　　난, 토마토 주스 마시면 돼. (오만상을 찌푸리며 토마토 주스 마신다)

아냐　　(파우치 빨며) 구역질 안 나?

바냐	어지러워. 금피 열흘째다. 금단현상 땜에 잠이 안 와. 헛게 보여.
아냐	정성이 뻗쳤다. 피 끊으면 그 여자가 오빨 좋아해준대?
바냐	(몸 들이대며) 내 몸에서 피비린내 안 나지?
쏘냐	에이형은 밍밍해서 싫다. 삐형을 다오.
바냐	어머니, 이제 냉동실에 에이형만 남았어요.
쏘냐	에이형은 싫다. 톡 쏘는 삐형을 다오.
아냐	엄마, 조금만 기다려. 내가 돈 벌면 커다란 헌혈 차 사줄게. 아, 헌혈차만 있으면 피 빨리려고 인간들이 줄을 설 텐데. 톡 쏘고 싱싱한 피. 이런 찌질한 인스턴트 말고.
바냐	그것도 얼마 안 남았어.
아냐	이번엔 오빠가 털러 가. 나, 지난번에 전기 충격기 땜에 옆구리에 땜방 자국 났잖아.
바냐	내가 어떻게 혈액은행을 털어.
아냐	별로 안 어려워. (흉내 내며) 넌 거기, 냉동고 열고, 너는 아이스박스에 피 종류별로 담아. 오형은 오형대로, 에이삐는 에이삐 대로.
바냐	그냥 피 끊자.
아냐	그럼 굶어죽어?
쏘냐	조용히들 해라. 노랫소리 안 들린다.

나지막하게 노랫소리 들린다.

김정호 〈사의 찬미〉

아냐	어, 이거 트란실바니아에서 듣던 노래잖아.
쏘냐	(허밍으로 흥얼흥얼) 엄만, 이 노래만 들으면 고향 생각이

난다.

바냐   달빛이 쏟아지는 강가에서 이 노랠 들으며 키릴렌코와 함께 춤을 췄었는데.

바냐, 혼자서 춤추는 시늉한다.
루마니아 노래 〈Johann Strauss Giovanni Marradi〉로 바뀐다.

쏘냐   바냐, 자꾸 텔레비전 앞에서 얼쩡거릴래! (몸을 바짝 앞으로 당기며) 봐라, 아냐. 저분 너 아버지랑 닮지 않았니?

아냐   누구?

쏘냐   저 아나운서.

아냐   난, 잘 모르겠는데.

쏘냐   아냐, 엄만 소원이 하나 있다.

아냐   뭔데?

쏘냐   죽기 전에, 꼭 가요무대 방청 가고 싶다.

바냐   가요무대 방청이요? 제가 모셔다 드려요?

아냐   오빤, 정말 아는 게 뭐니? 엄마, 가요무대 낮에 해.

쏘냐   저것 봐. 지금 나오잖아.

아냐   녹화방송이라고. 낮에 찍은 걸 보여 주는 거야.

쏘냐   뭣이라? 낮? (텔레비전 보며) 저긴, 밤 같은데.

쏘냐   (시무룩) 엄만, 너무 답답하다. 유령의 집에 개처럼 묶여 있잖아. 들판으로 나가고 싶다.

쏘냐, 시무룩하다.
아냐, 일어난다.

바냐   너 근데 어디 가는 거야?

아냐   방 구하러 가야지.

바냐·쏘냐   방?

바냐   우린 돈도 없잖아.

아냐   알바해서 모아놓은 돈이 있어.

바냐, 상을 치운다.

쏘냐   아냐, 아냐 (손짓한다) 엄마가 봐둔 집이 있다. (품에서 뭔가
        꺼낸다) 트란실바니아의 성 같은 집.

아냐   성 같은 집?

쏘냐   (광고문구 외우듯) 최고급 프리미엄 아파트. 유럽의 성이 메
        인 컨셉. 상류사회의 라이프스타일 제공. 높데 캐슬.

바냐   높데캐슬?

아냐, 전단지 받아들고 본다.

쏘냐   오! 너도 그 광골 봤어야 하는데. 비록 우리가 살던 성만
        못해도, 제법 살만한 곳인 거 같더라.

아냐   (한참 들여다본다) 여기는 엄마 방, 요기는 오빠 방, 그리고
        현관 옆방에선 내가 살면 좋겠다.

쏘냐   어, 현철 오빠 나왔다. (텔레비전 쪽으로 간다)

아냐   얼마나 할까? 얼른 돈 모아야겠다.

바냐   먹고 자면 됐지. 우리가 돈 쓸 데가 어디 있다고.

아냐   돈 들어갈 구멍이 한두 군데야? 피만 먹고 못 산다고.
        난, 스마트폰 없인 못 살아. 빨가벗고 돌아다닐래? 전기

세랑 수도세, 텔레비 시청론? 엄마가 텔레비전 끊고 살 수 있을 것 같아? 이 땅에 온 이상, 여기서 근사하게 살아 볼 거야. 구질구질하게 견디는 게 아니라. 인간처럼.

바냐 너한테 인간처럼 사는 건 뭔데?

아냐 시간을 느끼는 거? 할부 값 갚으며 살면 시간이 생생하게 느껴져. 우리 흡혈귀의 시간은 너무 막막해. 끝이 안 나. 하지만 인간의 시간은 따박따박 끊겨. 무이자 할부 인생.

바냐 그게 인간적인 거야?

아냐 덜 막막하고, 덜 심심하잖아. (일어서며) 늦겠다. 오빠, 나 나가봐야 돼.

아냐, 꾸벅꾸벅 졸던 엄마와 작별 인사한다.

아냐 마머, 부너 세아라.

쏘냐 아냐, 페 쿠른든.[3]

바냐 마늘, 십자가, 인간 조심하고. 해 뜨기 전에 얼른얼른 돌아와라.

아냐, 퇴장하고 바냐, 쏘냐를 관 속에 눕게 해준다.
바냐는 낚시 가방을 들고 퇴장.

---

3) 엄마, 안녕(저녁인사), 잘 다녀와.

3장. 사무실

놀이공원 사무실 겸 미봉, 사장 숙소.
왼편과 오른편에 각각 침대 하나씩 놓였다.
러닝셔츠 바람의 사장 합판에 톱질을 한다.

미봉   (침대 앉으며) 저녁마다 도대체 뭐해요?

사장   (톱질하며) 마냥 기다리긴 막막해서.

미봉   뭐가 또 망가졌어요? 고치게요?

사장   (사이) 여보, 미봉아. 드림월드 판다, 임 회장한테. 내일 모레 공사 시작합니다.

미봉   (못들은 척 천장 보며) 저기도, 쥐가 있나 보네. (안간힘 다해 발꿈치를 들고 빗자루로 천장을 찌른) 손님들은 없고 쥐새 끼들만 들끓어. 쥐를 잡아야 해. 그럼 손님들이 돌아 올 거야. 아무래도 약을 쳐야겠어. (여기저기 뒤지며) 쥐약을 어디다 뒀더라. 어딨지? 어디 뒀더라. 당신, 내 쥐약 못 봤어요? 쥐약, 쥐약이 필요해. 쥐들을 재워야 해.

사장   다 헛수고야. 어차피 우린 여길 떠난다니까.

미봉   (천장 보며 쥐의 움직임 눈으로 쫓으며) 당신 혼자 가요. 어디로 가게요? 난 혼자 못 가요. 내 눈에 흙 들어가기까진 안 돼요.

사장   내 눈에 흙 들어가게 생겼어. 돈 안 갚으면 토막 내서 묻
어버리겠대. 해피머니가.

미봉   우리 청춘을 여기다 묻었어요. 그런데 쥐새끼들만 남았
어. 덫을 놓을까? 쥐들은 덫이 제 집인 줄 알고 기어들겠
지.

사장   누군 여길 헐값에 넘기고 싶겠니. 나, 신체포기각서까지
썼어. 미봉아, 다 끝났어. 이제 우리 새 출발 하자. 빚 갚
고 남은 돈으로 당신, 치킨 집이나 분식집.

미봉   새 출발은 여기서 하면 돼요.

사장   여긴 폐허야. 아무 희망 없어. 여길 떠나야 살 수 있다고.

미봉   우리 떠나면 윤수만 여기 혼자 남아요. (빗자루 들고 일어선
다)

사장의 전화벨 울린다. 해피머니다.

미봉   … 쥐가 울어요.

사장, 전화 받지 않는다.
전화벨 소리 계속된다. 점점 커진다.
미봉, 정면 보고 말한다.
사장, 미봉의 대사 중간 중간에 망치질한다.

미봉   (정면 보고) 두더지 잡기 놀이를 합니다. 불쑥불쑥 두더지가
튀어나옵니다. 망치로 두더지 대가릴 갈겨요. 처음엔 재밌
죠. 두더지 잡기놀이. 아야, 왜 때려, 아야. 왜 때려! (사이)
여길 개장하고 놀이기굴 들여놓고 광고하고 손님 맞고. 우

린 꿈에 부풀었어요. 드림월드를 한국의 디즈니랜드로! 롤러코스터에서 들려오는 기쁜 비명 소리, 어둠을 터뜨리는 폭죽소리, 풍선을 든 웃음소리. (사이) 그런데… 근처에 새로운 유원지가 들어섰어요. 우린 가진 돈을 털어 멋진 놀이 기구를 사들였죠. 입구의 문어, 보셨죠? 노래하는 문어. 손님들이 돌아왔지요. 우린 신나서 보험을 해약하고, 이 땅을 담보로 돈을 빌렸죠. 마지막은 사격장. 탕! 한 남자아이가, 여자 아이에게 총을 쐈어요. 사랑고백이자 이별 통보. 여자앤 외눈박이가 되고, 우린 경찰서에 불려 다니고, 총무는 돈을 갖고 날랐어요. 문어는 노랠 멈췄죠. 다시 노래하려면 부품이 필요한데, 외제라 배달되는 데만 석 달. 기술자 부르는 데 넉 달. 월급이 밀려 직원들이 떠나고, 놀이기구들은 작동을 멈추고, 두더지는 끊임없이 튀어나오고 … 우린 지쳐버렸어요. 두더지를 잡는 대신, 망치로 서로의 대가리를 날리기 시작했어요. 아야, 왜 때려, 아야. (차가운 어조로) 게임을 이어서 하시려면 동전을 더 집어넣으셔야 합니다. (사이) 우리가 두더지 잡기 놀이를 하는 동안 윤순 혼자 호수로 갔지요. (사이) 윤수야?

사장 (톱질 멈추고) 그날도 바빴습니다. 아침부터 고장 난 회전목마를 고쳐야했습니다. 허리에 철심을 박은 말들은 입을 쩍 벌린 채 그 자리에 꼼짝도 안 했지요. 기술자를 부르면 돈이 드니까 어떻게든 내 손으로 고쳐야 했습니다. 계기판을 살피고, 배전판도 뜯었습니다. 아무리 봐도 어디가 고장 났는지 알 수 없었습니다. 말들은 영영 달리지 못할 것 같았습니다. 윤수가 다가와 회전목말 타겠다고 졸랐습니다. 난 말들이 더 이상 안 움직인다고 말했지요.

윤순 묻더군요. 아빠, 왜 말이 안 움직여? 아빠, 말이 아파? 죽은 거야? (차갑게) 아빠 방해하지 말고 제발, 딴 데 가서 놀아라. 나는 아일 끌어냈습니다. (톱질 거세지며) 윤순, 호수로 가고, 난 미친놈처럼 말에 톱질을 했습니다. 말은 동강나고, 몸속은 텅 비었습니다. 멀리서 비명 소리가 들려왔습니다.

미봉 (빗자루를 들고 헤매며) 윤수야!

사장 (톱을 들고 헤매며) 윤수야!

4장. 부동산

컵라면 위에 매물 장부 올려놓는 여자.

여자, 젓가락을 쪼갠다.

아냐, 등장한다.

여자   (외국인을 보고 당황) 헬로우, 쌀라 쌀라?

아냐   저기, 방 좀 구하러 왔는데요.

여자   아유 깜짝이야. 한국말 잘 하네. 방, 방, 어떤 방?

아냐   조용하고 빛이 안 드는.

여자   아, 지하방. (장부 보며) 얼마짜리?

아냐   … 얼마 쯤 하는데요?

여자   보증금 오백에 월 십오만 원부터.

아냐   … 오백만 원?

여자   지하방인데, 반지하야. 한번 보여죠?

아냐   그것 밖에 없어요?

여자   보증금 팔백짜리도 있어. 방 두 칸짜리.

아냐   팔백만 원. 저기, 아줌마 혹시 보증금은 나중에… 무이자 삼 개월로.

여자   얘, 얘. 이게 무슨 홈쇼핑이야. 오백이 가장 바닥이거든. 그 밑은 없어.

아냐　　안 내겠다는 게 아니라 나중에 내겠다는.

여자　　얼마 있는데.

아냐　　백팔십만 육천사백 원. (주머니 뒤지며 동전 꺼내며) 오십
　　　　　원.

여자　　그 돈 갖고 방을 구하겠다고? (라면 뚜껑 열고) 얘, 너 땜에
　　　　　라면 다 불었잖아!

아냐　　(발끈한다) 왜 성질이야. 그냥 알아보러 왔다니까.

여자　　뭐, 저런 싸가지가. (라면 먹는다)

아냐, 나가려다 뒤돌아선다.

아냐　　저기, 아줌마. 근데요.

여자　　(라면 후루룩 먹으며) 뭐?

아냐　　그 높데 캐슬 있잖아요. 얼마쯤 해요?

여자　　(단무지 와작와작 씹으며) 건 왜?

아냐　　그냥 궁금해서요.

여자　　이십 평대 최하가 육억 오천. 로얄 층은 십억.

아냐　　육억 오천. 십억.

여자　　나갈 때 문 꼭 닫고 나가라. (몸 부르르) 벌써 겨울이 오려
　　　　　나. 가을은 어디로 사라졌어?

아냐, 밖으로 나간다.
가방에서 상자를 꺼내 쪼그리고 앉아 돈을 센다.
동전까지 하나하나 센다.
높데캐슬 전단지 날아간다.
핸드폰 진동한다.

아냐, 화면 들여다본다.
한숨 쉬며, 답문을 날린다.

아냐   흡혈 미녀 아나스타샤, 5분 안에 갈게요. 씻고 기다리세
요. 오빠.

아냐, 퇴장한다.
어둠 속에서 귀뚜라미 울음소리 들린다.

5장. 호숫가

미봉, 호숫가에 쪼그리고 앉았다.
바냐, 낚싯대와 보온병, 낚시의자 들고 나타난다.
미봉을 뒤에서 한참 바라본다. 미봉은 목수건을 푼다.
바냐, 뒤에서 침을 꿀꺽 삼킨다. 고개를 절레절레 흔든다.
미봉, 머리카락을 위로 올린다.
바냐, 무의식적으로 공격자세 취한다.

미봉   (목덜미를 치며) 가을에 웬 모기야.

바냐, 정신을 차린다.

바냐   뭐 하세요?
미봉   … 바람 쐬러 나왔어요.

바냐, 낚시의자를 펼쳐 미봉에게 내준다.

미봉   (의자에 앉으며) 이 호수엔 물고기도 안 사는데. 왜 저녁마
         다 나와서.
바냐   (긁적긁적) 그냥… (보온병을 꺼내며) 따뜻한 커피 드실래요?

바냐, 보온병 뚜껑에 커피를 따라 건네준다.
미봉, 받아 호호 불며 마신다.

미봉 바냐 씬 안 마세요?
바냐 전, 커피 못 마셔요. 잠 안 와요.
미봉 바냐 씨도 잠 못 자요?
바냐 예. 죄송해요.

미봉, 잔을 들고 바냐, 본다.

미봉 한 모금 마셔 봐요. 몸이 따뜻해져요.

바냐, 소주잔 받듯 커피 받는다. 사약을 마시듯, 눈을 질끈 감고
한 모금 홀짝 마신다. 속이 울렁거린다.

미봉 왜 그래요? 어디 아파요?

커피, 입 밖으로 뿜어 나온다.
미봉, 목수건으로 닦아준다.

바냐 제가 요즘 금피 중 아니… 속이 허해서, 죄송해요.

둘은 나란히 앞을 본다.
귀뚜라미 소리 들린다.

바냐 저기… 아까 사장님이… 오셔서 갑자기, 저 미봉 씨.

미봉	… 예?
바냐	저기 사실 저희 가족이요. 햇빛 쐬면 막 아프거든요.
미봉	햇빛 땜에 아파요? 무슨 알레르기 있어요?
바냐	저 그게 아니라 저희 가족이 좀 특별해서.
미봉	뭐가 특별한데요?

사이.

바냐	(딴 데 보며) … 아니에요. (팔 쓸어내리며) 바람이 차네요. (호수 저편에 뭔가 보인다) 어….
바냐	(손차양하며) 저기, 오리, 오리가 있어요.
미봉	오리? (멀리 본다)
바냐	(손가락질한다) 저기 오리 (고갯짓) 갸우뚱 꺄우뚱.
미봉	(일어서서 손차양) 오리가 아니라… 오리 배네.
바냐	오리 배?
미봉	안에 사람이 타고 막 페달 밟으면 (시늉) 통통통, 통통통. 앞으로 나가요. 다 가라앉은 줄 알았는데… 옛날엔 이 호수에 오리 배로 꽉 찼어요. 매표소 앞에 줄이 늘어섰 는데.
바냐	오리 배 좋아해요?
미봉	좋아했죠. 페달 밟는 게 중노동이에요. 가만있으면 제자 릴 맴돌아요. 기슭까지 갔다 오면 다리에 알 배겨요… 옛 날엔 나도 오리 배 많이 탔었는데.
바냐	(제법 용기 내어) 탈래요? (페달 밟는 시늉) 오리 배?
미봉	금방 가라앉을 거야. (사이) 이 호순 뭐든 받아먹어요. 물 아래 무엇이 있는진 누구도 몰라요. 돌멩이들, 죽은 쥐,

구멍 뚫린 오리 배, 그리고… (일어서며) 봐요, 바냐. 달. 저 달도 호수가 받아먹었나 봐요.

바냐, 같이 달 본다.

미봉　　천년 후에 사람은 이 땅에서 모두 사라져도 저 달은 남아 있겠죠. 혼자서 덩그러니.
바냐　　혼자서, 덩그러니.
미봉　　참 밝다. 달빛은 왠지 따뜻한 것 같아요. 저 밑도 따뜻할까요? (바냐 보며) 우리 탈래요? 오리 배.

미봉, 손을 내민다.
바냐, 주섬주섬 일어난다.
나란히 걷다가 바냐 멈춘다.

바냐　　저기… 요.
미봉　　왜요?
바냐　　저, 드릴 말씀이.
미봉　　왜요? 가라앉을까봐 겁나요?
바냐　　사장님이, 여길 판대요. 우리 보고 나가라고. 우리 갈 데 없어요.
미봉　　안 팔아요. 그 사람 괜히 하는 소리예요
바냐　　정말요?
미봉　　못 팔아요.
바냐　　(환한) 진짜요? 우리 계속 여기 같이 있는 거예요?
미봉　　(호수 보며) 그럼요, 절대 안 떠나요.

바냐, 미봉 나란히 걸어간다.

암전.

물 텀벙거리는 소리, 허우적거리는 소리, 들린다.

물에 젖은 미봉, 바냐를 무대 위로 끌어올린다.

미봉　(바냐를 흔들며) 바냐, 정신 차려요. 바냐.

바냐, 꼼짝하지 않는다. 얼굴을 이리저리 쳐본다.

미봉, 당황한다. 미봉, 숨 한 번 크게 들이마시고, 인공호흡 시도

하려는 순간, 바냐 일어난다. 물 뿜는다.

바냐　(입을 가리며) 앗! 저기… 안… 안 돼요.

미봉　(멀뚱) 뭐가?… 바냐, 괜찮아요? (등 두들기며) 물 많이 마셨
　　　어요?

바냐　전, 괜찮아요. (사이) 미봉 씬, 괜찮아요?

미봉, 끄덕거린다.

바냐　갑자기 물에 뛰어들어 깜짝 놀랐어요, 그러다 큰일 나요,
　　　진짜 죽어요.

미봉　(맥 빠진 말투로) 발을 헛디딘 거예요. 바닥에 뭐가 보여서.

바냐　바닥이요? 바닥에서 뭘 봤는데요?

미봉, 호수 보고. 바냐, 미봉 보며 암전.

6장. 모텔

아냐, 머뭇거리며 들어간다.

남자   어, 왔어? 흡혈미녀 아나스타샤! (아냐를 아래위로 훑으며) 거, 색다르네.

아냐, 남자를 밀치고 다짜고짜 침대에 눕는다. 누워서 천장 본다. 양을 센다.

아냐   한 마리, 두 마리, 세 마리.
남자   너, 뭐하냐?
아냐   … 일곱 마리, 여덟 마리.
남자   한국말 못해? 우.리.말.몰.라.요? (아냐, 루마니아어를 중얼 댄다) 너, 러시아에서 왔지? 오빠, 도선생 엄청 좋아하는데. '죄와 벌' 알지? 라스꼴리, 니꼬프, 그 새끼가 창녀 나타샤를 엄청 좋아해서 전당포를 털잖아. 당나귀랑? 맞지? 러시아 (간지럼 태우며) 맞지? 맞지?

아냐, 확 일어난다.
남자, 뒤로 물러앉는다.

아냐   (다시 누우며) 루마니아다.

남자   아! 루마니아? 루마니아… 요구르트가 유명한가? 오빠, 월드컵 16강 진출 못한 나란 몰라. 이름이 뭐야? (어깨에 감싸며) 만난 기념으로 우리 뽀뽀부터.

아냐   (코를 싸쥔다) 마늘 냄새.

남자   (자기 입 냄새 맡아본다) 아, 계집애 엄청 까다롭게 구네.

남자, 아냐에게 강제로 입을 맞추려고 한다.
아냐, 피한다.

남자   알았다, 알았어.

남자, 지갑에서 돈 꺼낸다.
아냐, 쥐어준 돈을 본다. 아냐, 손을 내민다.

남자   (돈 더 주며) 네가 한국물정 몰라서 그러는데. 키슨 기본이야. 누가 맥주 시키면서 팝콘 값 따로 내냐? (돈 쥐어준다) 내가 인생선배로서 말하는데, 머리에 피도 안 마른 게 돈 돈 밝히면 정 떨어져. 내가 네 나이 적엔 진짜, 가진 게 꿈밖에 없어도 완전 행복했는데.

남자, 아냐를 안고 강제로 입맞춤하려 든다.
아냐, 남자를 밀친다.
남자, 아냐를 안는다.
아냐, 남자의 목덜미를 문다.

남자 뭐야… 이런 개 같은 (목덜미를 감싸며) 앗, 뜨거. 아 뜨거. 목이 타들어가.

남자, 방바닥에서 뒹군다.
아냐, 남자의 지갑을 꺼낸다.

남자 온몸이 후끈거려… 물, 물 물 좀.

아냐, 남자의 옆에 쪼그리고 앉아 돈을 센다.

아냐 양 한 마리, 양 두 마리, 양 세 마리. (차가운 어조로 양을 센다. 세다가 침이 마른다. 남자의 목덜미에서 손가락을 대, 피를 묻혀 계속 센다. 돈에 피가 묻어 난다)

남자 (기어 다니다) 앞이… 앞이 안 보여. 나, 이러다 죽나봐. (아냐를 붙들고) 살려줘, 나 죽을 것 같아.

아냐 (밀치며) 헷갈리잖아. 하나, 둘, 셋, 넷.

남자 (앉아서 운다) 아무 것도 안 보여. 앞이 캄캄해. 나, 죽으면 어떻게.

아냐 쫌만 기다려. (강아지 머리 쓰다듬듯) 내가 인생 선배로서 말해주는데, 이제 곧 편안해질 거야. 무덤에 들어간 것처럼.

남자, 침대에 쿵 쓰러진다.
아냐, 사라진다.
문 앞에 선 여자.
전화벨이 울린다. 조심스럽게 받는다.

여자 어, 엄마 마트. 영어학원 숙제 다 했어? 금방 들어갈게. 어, 준비물 샀지. 그래, 벼루. 자기 전에 텔레비전 꼭 끄고. 그래, 굿나잇. 좋은 꿈 꿔.

문 두드리는 소리 들린다.

여자 손님, 손님. 꽃다발에서 호출 받고 왔는데요… 주무세요?

여자, 문 안으로 들어선다.

여자 (호들갑을 떨며) 제가 좀 늦었죠. 사거리에서 살짝 접촉사고가 나서. 주무세요? (둘러보며) 여자 파트너 분은?… 갔나? (옷을 벗으며) 그래도 쓰리썸 옵션 추가하신 비용, 내셔야 돼요. 여기 오느냐고 딴 델 못 갔으니까.

여자, 침대 위의 남자 본다. 뭔가 이상하다.
여자, 침대로 다가간다.

여자 사장님, 사장님. (흔들어본다) 저, 사장님 그냥 주무시면 어떻게 해요? 페이는… 택시비라도 주셔야죠. 이 시간엔 할증까지 붙는데.

여자, 손에 묻은 피를 보고 뒤로 물러선다. 사방을 둘러본다.
바닥에 떨어진 지갑 발견한다. 덜덜 떨며 지갑을 뒤진다.
지갑을 털자, 바닥에 카드들 타닥타닥 떨어진다.

여자, 기어 다니며 살핀다.

여자   신용카드, 콩 다방 쿠폰, 로또, 체크카드, 낙지 집 할인카
드, 아이 사진 (잠깐, 들여다본다) 예쁘게 생겼네. 헬스 회원
증, 왜 이런 것 밖에 없어!

남자, 꿈틀거리면서 일어난다.
남자 기어가서 여자의 발목을 잡는다.
여자, 빠져나가려고 하지만 남자, 놔주지 않는다.

남자   (눈이 안 보인다) 앞이 안 보여… 목이 타들어가는 것 같아.
여자   저기… 저는 꽃다발에서 사장님. 저기 목마르세요? 요구
르트라도 좀 드려요?
남자   너 이년 나한테 무슨 짓을 한 거야!
여자   예? 전 방금 여기 왔는데요, 사장님.
남자   (목덜미 감싸며) 네 년이 날 물었잖아.
여자   아니요, 사장님. 전, 아무 것도 몰라요.
남자   (손이 끈적거린다) 피, 피. 이거 내 피지.
여자   저기, 사장님. 흥분하지 마시고 잠깐만요. (덜덜 떨며 가방
열며) 제가 일일구 부를게요.

여자, 가방에서 뭔가를 마구 꺼낸다. 벼루가 잡힌다.

여자   내가 핸드폰을 어디 뒀지? 핸드폰, 핸드폰!
남자   (바닥 기어 다니며) 나, 죽을 것 같아. 왜 나를 죽이려고.

남자, 여자를 끌어안는다.
여자, 비명을 지른다.

여자 사장님, 저 아니에요. 저 개미 새끼 한 마리도 못 죽이는 여자예요.

남자, 여자를 넘어뜨린다.

여자 왜 이래. 이거 놔. 이거 놔.
남자 무서워. 이런 모텔 방에서 혼자, 죽긴 싫어. 너무 무서워.

여자, 벼루로 남자를 내리친다.

여자 아니라니까. 아니라니까. 왜, 내 말을 안 들어. 난 아무 잘못 없다니까! 왜 내 말을 안 믿어줘!

전화벨 울린다.
여자, 주머니 속에서 핸드폰 꺼낸다.

여자 어… 잠이 안 와? 어, 아냐, 엄마, 괜찮아. 엄마 금방 갈게.

7장. 유령의 집

쏘냐, TV를 보며 졸고 있다.
바냐, 들어와서 TV를 끈다.
쏘냐, 잠에서 깬다.

쏘냐   놔 둬라.

바냐   어머니, 이제 주무셔야죠.

쏘냐   ….

바냐   어머니, 어머니, 이제 안심하셔도 돼요.

쏘냐   뭘?

바냐   미봉 씨가요, 여기 절대 안 판대요.

쏘냐   안 판대? 참말이냐?

바냐   미봉 씬 절대 거짓말 안 해요.

쏘냐   인간을 어떻게 믿어.

바냐   어머니, 미봉 씬 착한 사람이에요.

쏘냐   착한 인간, 나쁜 인간 그런 건 없다. 피가 싱싱하면 좋은
         인간, 피가 탁한 인간은 맛없는 인간이다.

바냐   ….

쏘냐   요즘 꿈에 돌아가신 네 아버지가 자꾸 나타나신다. 늑대
         를 끌고. 환한 빛 속에서 네 아버지가 자꾸 나를 향해 손

짓하는 거야.

바냐 (딴 데 보며) 어머니, 달이 밝아요. 우리 트란실바니아 달이랑 똑같아요.

쏘냐 어리석은 놈. 달이야 어디서든 똑같지.

바냐 달 보니, 옛날 생각이 나요. 우리 달 뜨면 들판으로 소풍 갔었잖아요. 아냐, 어머니, 아버지 우리 넷이.

쏘냐 소풍이 아니라 사냥이었다.

바냐 늑대를 타고 들판을 달렸죠. 발밑에서 풀이 바스락거리고 바람은 뺨을 스치고 들판은 언제까지나 이어질 것 같고, 트란실바니아 들판, 아냐와 전 늑댈 타고 달리기시합도 했죠.

쏘냐 넌 매번 아냐에게 졌지. 한눈팔다 고꾸라지고.

바냐 전 그저 달리는 게 좋았어요. 바람도 흘려보내고 구름도 떠나보내고.

쏘냐 양치기 계집애에게 홀려서 그런 게지.

바냐 킬릴렌코의 요들송은 봄바람소리 같았어요. (요들송 부른다) … 영영 못 듣게 됐지만.

쏘냐 고작 인간 때문에 자살소동을 벌여? 마늘을 두 자루나 집어 삼키다니. 변태같이. 우리 드라큘라 가문에 너 같은 놈은 없었다. 아버지 백작처럼 널 채찍으로 다스려야 하는데.

바냐 아버지가 그녈 좀비로 만들었어요.

쏘냐 닥쳐라! 인간들이 우릴 트란실바니아에서 내몰았어. 성을 뺏고 들판에 불을 지르고, 네 아버지 백작께선 우릴 배에 태우고 혼자… 햇빛 속에서 재가 되셨다. 우린 그분을 잊어선 안 돼. 너는 그분의 아들이야.

바냐 어머니, 전 그냥 마음 붙일 데가 필요했던 거예요.

쏘냐 그 뒤로 우린 오랫동안 떠돌아다녀야 했다. 파리의 하수도는 낭만적이었어. 소독약을 뿌리기 전까진. 터키 카파도키아 동굴로 전도사들이 찾아왔지. 아부심벨 계곡의 피라미드는 장엄했다. 투탕카멘 4세의 관은 아늑했지. 도굴꾼이 들어오기 전까진. 우린 중국 진시황릉에서 숨어살았지. 진흙 병사들과 더불어. 인간들이 땅을 파 우리를 끌어내기 전까진. 화물선에 짐짝처럼 실려 우린 여기까지 왔다.

바냐 우리가 스쳐보낸 모든 풍경들… 기차 밖을 내다보듯.

쏘냐 탄광, 숲, 동굴, 늪지, 어디든 인간들이 들끓는다. 인간들은 세우고 쓰러뜨리고, 우린 끌려나와 달아나고. 인간들은 우릴 한곳에 살게 내버려두질 않았어.

바냐 잠시 머물렀대도 추억들은 남았어요. 퐁텐블루 숲을 거닐고, 만리장성에서 달빛을 보고, 요들송을 듣고, 도나우 강가에서 춤을 추며. (사이) 하지만 찰나였어요. 인간과 나 사이엔 언제나 유리창이 세워져 있었어요. 나는 목이 탔어요. 가슴이 타들어갔어요. 인간 속으로 들어가고 싶었어요. 하얀 목덜미에 이빨을 박아 넣었죠. 진흙덩이만 남았어요. 죽지도 살지도 않은 진흙덩이들. 나는 여태 폐허만 만들었나 봐요. 주위엔 죽은 사람들만 가득해요. (사이) 더 이상 그러고 싶지 않아요.

쏘냐 나도 더 이상 헤매 다니고 싶지 않다. 바냐, 엄만 너무 지쳤다.

바냐 어머니, 여기가 마지막일 거예요.

쏘냐 이 어민, 그저 쉬고 싶다.

바냐	제가 지켜드릴 게요. 우리 영원히 여기서 살아요.

바냐, 쏘냐의 관 뚜껑을 닫아준다.
아냐, 터덜터덜 돌아온다.

바냐	왜 이렇게 늦게 와?
아냐	… 엄마는?
바냐	방금 잠드셨어. 아냐, 미봉 씨가 안 나가도 된대. 우린 여기 계속 머물 수 있다고.
아냐	참 좋겠다. 그럼, 영영 이 거지 같은 데서 살자고! 구질구질하게 인간들한테 빌붙어서.
바냐	아냐, 인간들이라고 다 그런 거 아냐. 여기 드림월드 사람들은….
아냐	말만 번드레한 뒷간 사장, 멍 때리는 여자. 오빠가 그것들 속을 알아?
바냐	….
아냐	오빠, 인간이 어떤지 몰라. 세상이 어떤지도 모른다고!
바냐	아냐.
아냐	아니긴 뭐가 아니야! 내가 어떤 심정으로 어떤 꼴로 사는지 오빠가 알기나 해?
바냐	아냐야. 우린 괜찮을 거야. 피를 빨지 않고 얌전하게 인간처럼 살면.
아냐	그럼 인간들이 우릴 인간대접 해준대? 월급도 안 주고 내쫓는데! 인간들이 우리 피를 빨고 있단 말이야!

아냐의 핸드폰 울린다. 아냐, 문자를 본다.

아냐 봐. 굶주린 인간이 또 날 찾고 있어.

쏘냐, 일어난다.

쏘냐 아냐, 어디 가느냐? 이제 곧 해 뜰 텐데.

아냐 엄마, 나 돈 모아야 해. 것도 많이. 그래야 볕 안 드는 데로 이사 가지.

쏘냐 오! 그럼 그 높데캐슬로.

아냐 엄마 거긴… 좀 기다려야 한대. 그러니까 내가 열심히 일해서 돈 많이 벌어야해.

쏘냐 그래도 이제 곧 해뜰 텐데.

아냐 금방 돌아올게. 어차피 말하려면 불부터 꺼야 돼.

쏘냐 아냐. 아무리 그래도.

아냐 괜찮아. 엄마 내가 백년만 양을 세면, 우리도 성에 살 수 있어.

아냐, 나가버린다.
바냐, 아냐가 나간 쪽을 바라보다 상자 속으로 들어가 텔레비전 본다.
노랫소리 들린다. 〈저 푸른 초원 위에〉 노랫소리 점차 높아지고, 무대 오른편에 미봉, 등장한다. 오른편에서 등장한 미봉, 빗자루를 마이크 대처럼 잡고 노래한다.
바냐, 백일몽을 꾸듯, 그녀의 모습 바라보다 잠든다.
노래는 점점 늘어지고, 어두운 분위기로 바뀌어간다.
바냐, 비명을 지른다.
좀비 여자가 나타난다.

좀비 1 바냐, 바냐, 넌, 날, 물어. 좀비로, 달아났다. 어디. 어디. 숨어도. 바냐. 나와. 바냐. 나와.

바냐, 달아나려고 한다.
좀비로 분장한 아냐, 걸어 들어온다. 비틀비틀 거린다.

좀비 2 바냐, 바냐, 흙에 파묻힌 날 파냈다. 죽은 날, 살려냈다. 죽음의 순간 날 사로잡았던 고통, 벗어나지 못한다. 고통, 고통. 죽음보다 더한 고통.

상자 속의 쏘냐도 기어 나온다.

좀비 3 바냐, 넌, 늙어가는, 내 입술에 빨간 연지를, 발라줬다. 난 죽지도, 늙지도 않는다. 영영 빨간 입술의 흉측한 할망구, 난 거울을 보지 않아. 난 썩고 싶다.

바냐, 상자 속에 웅크린다.
세 여자, 바냐를 상자에서 끌어낸다.
바냐의 얼굴을 끌어안고 뒤에서 안고 안에서 끌어안는다.
바냐, 허우적거린다.

좀비 여자들 (소리 맞춰, 높이) 영원한 삶은 너무 무거워. 너무 막막해. 바냐, 우리에게 죽음을 줘.

오른편에서 미봉, 빗자루를 들고 바닥을 쓴다.

미봉   바냐, 내 꿈에 쥐들이 들끓어요. 쥐들이 내 꿈에서 빠져
나갈 수 있게, 날개를 달아주세요.

8장. 사무실

사장, 상자에다 짐을 싸고 있다.
물에 젖은 미봉, 들어온다.

사장　어디 갔다 왔어?

미봉　….

사장, 묵묵히 짐을 싼다.
미봉, 침대에 앉아 머리를 말린다.
조명, 깜빡거린다.

사장　(천장 본다) 이제 곧 전기도 끊길 거야. 내일 은행 닫기 전
　　　까지 해피머니 놈들한테 돈을 갖다 줘야해. (미봉 보며) 당
　　　신, 내 말 듣고 있어?

미봉　(멍하니, 창밖 보며) 달이 참, 밝아요.

사장　매매계약서에다 당신 도장만 찍으면 돼. 당신, 도장 어디
　　　뒀어? 서랍에? 아니면 가방에다.

미봉　당신, 그 사람들한테 그랬다면서요. 여길 판다고. 사실인
　　　줄 알고 놀랐잖아요. 불쌍한 사람들인데.

사장　불쌍? 정신 차려. 불쌍한 건 우리야.

미봉 오갈 데도 없는 사람들이잖아요. 낯선 땅에서. 당신, 그 러면 안 돼요.

미봉, 빗자루질을 한다.

사장 (빗자루 뺏으며) 청소 왜 해. 이제 우린 여길 떠날 거라고. 그래, 윤수 잃은 너, 불쌍해. 그치만 너만 자식 잃었어?

미봉 윤수가 저 호수 바닥에 있어요. 혼자 두곤 못 가요. 저 호 수가 다 마를 때까지 난 절대 이곳을 떠나지 않을 거야. 떠나려면 당신 혼자 떠나.

사장 안 그래도 떠날 거야. 하지만 그냥 떠날 순 없어. 그러니 까 도장 내놔!

미봉 (일어서서) 우리 처음 유원지에 온 날 기억나요? 당신 그랬 잖아요. 우리 같이 여길 한국 최고의 놀이공원으로 만들 자. 십년 동안 우린 꼬박 이 유원지에서 먹고 자고 일하 고 그렇게 살았죠. (창 밖 내다보며) 우리 셋이 저 회전목마 도 탔잖아요? 당신은 초록말, 나는 빨간 말, 은수는 점박 이 조랑말.

조명, 깜빡거린다.

사장 다 지난 일이야. 난 이제 희망, 꿈, 야심 이딴 거 없어! 가 까스로 버티는 거야. (사장, 가슴을 싸쥔다)

미봉 빙글빙글 회전목마는 돌고, 은수는 까르르 웃고, 당신은 손을 흔들고.

사장 근데, 근데 너마저 나한테 이러면, 난 어떻게 하라고! 네가 내가 어떤지 알기나 해! (계약서를 가지고 온다) 벌써 임회장한테 판다고 말했어. 내일 모레 공사 시작한다고. 당신이 고집 부려도 이미 끝난 일이야. 도장 찍어!

미봉　싫어!

사장, 손을 잡고 강제로 도장 찍으려고 한다.
미봉, 몸부림친다.
사장, 미봉을 안고 지장을 찍게 하려 한다.

사장　나 때문이 아니야. 널 위해서라고!

미봉, 달아난다. 미봉, 계약서를 찢는다.
사장, 미봉의 **뺨**을 날린다.

사장　널 봐! 널 좀 보라고! 다른 사람들 눈엔 넌 그냥 미친년이야. 남들 손가락질 받다가 길거리에서 얼어 죽을 거야! 아무도, 아무도 더 이상 널 돌봐주질 않아. 언제까지, 언제까지 그렇게 넋 놓고 살래!

미봉　난 미치지 않았어. 그냥 도저히… 어떻게 할 수가 없는 거야. 여길 떠나면, 여보, 난 살아도 산 게 아니야.

사장　우린 살아있어, 살아 있잖아. (주섬주섬 찢어진 종이조각을 줍는다) 아직 안 늦었어. (붙이려고 애쓴다) 안 늦었다고….

미봉　(멀리 보며) 여보 쥐가 울어요.

미봉, 빗자루를 들고 간다.

사장   어디 가!

불이 꺼진다.
사장, 랜턴을 이리저리 비추며 미봉을 찾는다.

사장   미봉아! 미봉아! 제발. 살아야 하잖아, 넌.

9장. 모텔/유령의 집

침대에 앉아 있는 남자.
아냐, 들어온다.

남자   흡혈미녀 아나스타샤? 키스 사절.

아냐 끄덕거린다.
남자, 재빨리 뒤에서 아냐를 제압한다.
남자, 뒤춤에서 수갑을 꺼낸다.

아냐   너 변태야? 이러면 옵션비 더 내야 돼!
남자   나, 경찰이다. 너, 장백두 알지?
아냐   몰라.
남자   몰라? 네가 죽인 장백두 몰라? 모텔 입구 CCTV에 너랑
         장백두 얼굴 대문짝만하게 찍혔어. 핸드폰에 통화기록
         '흡혈미녀 아나스타샤' 번호까지 버젓이 남기고.
아냐   난, 아무도 안 죽였어. 그냥 물었어.
남자   물어 죽여? 널 장백두 살인용의자로 체포한다. 묵비권을
         행사할 수 있으며 변호사를 선임할 수 있다.
아냐   물었어. 죽지 않아.

남자　네가 장백두 머릴 곤죽으로 만들었잖아. (무전기에다 대고) 용의자 체포. 모텔 주차장으로 이동.

아냐　못 가. 이제 곧 해 떠.

남자　알았으니까 가서 얘기하자. (무전이 온다) 뭐? 시체가 없어져? 너희들 일을 어떻게 하는 거야!

아냐　거봐 안 죽었잖아. 머리가 박살났으면 몸뚱이만 어디 돌아다니고 있을 거야.

남자　잔말 말고 따라와!

남자, 아냐를 끌고 가려고 한다.
아냐, 몸부림을 친다. 아냐, 몸을 돌려 남자의 목을 문다.
남자, 무전으로 지원 요청한다.

남자　용의자 도주! 용의자 도주! 지원요청 바란다!

문 부서지는 소리.
무전기 소리와 경찰들의 목소리, 들린다. "잡아! 꼼짝 마!"
손전등 불빛 속에서 아냐, 경찰 둘을 문다.
사이렌 소리, 확성기 소리 들린다.
"너는 포위됐다. 무기를 버리고 투항하라. 다시 한 번 말한다. 무기를 버리고 투항하라."
어둠 속에서 총성 들린다.
총성과 함께 오른편에 조명 들어오고, 텔레비전 앞에 쪼그리고 자던 쏘냐, 총소리에 놀라 일어난다.

쏘냐　우리 아냐가 텔레비전에 나왔네. 바냐, 바냐, 네 동생이 텔레비전에 나왔다. 아유~우리 딸 텔레비전에 나오니 더 예쁘네. 총! 총을 쏜다. 바냐, 인간들이 아냐에게 총을 쐈어. 바냐! (바냐의 상자를 흔들며) 바냐! 바냐! 아냐가 인간들에게 잡혔다. 바냐!

바냐, 눈 비비며 상자 속에서 나온다.

바냐   어머니, 새벽부터 무슨 일이에요?
쏘냐   (텔레비전 가리키며) 아냐가, 아냐가 텔레비전에 나왔다. 인간들이, 인간들이 아냐를, 아냐를… 아냐를 구해야 한다. 총을 쏜다!
바냐   어머니 무슨 소리예요? 아냐가 왜요?

쏘냐, 바냐의 손을 끌고 텔레비전으로 간다.

쏘냐   이 안에서 봤다. 아냐가, 아냐가.

쏘냐, 이리저리 채널을 돌려본다.
텔레비전에선 토크쇼의 웃음소리만 들린다.

바냐   어머니, 아냐가 어디 있다는 거예요?
쏘냐   내가 똑똑히 봤단 말이다. (텔레비전을 흔들며) 인간들이 아냐에게 총을 쐈어! 인간들이 아냐를 찾고 있다.
바냐   아냐 돌아와 자고 있을 거예요. 어머니.

바냐, 아냐의 상자를 연다. 상자 속에 미봉이 들어 있다.

바냐   미봉 씨! 여긴.

밖에서 미봉을 찾는 사장의 목소리가 들려온다.
미봉, 무대 왼편으로 달아난다.
사장, 무대 오른편으로 들어온다.

사장   바냐, 미봉, 미봉일 못 봤나.
쏘냐   너희 인간들이 감히 내 딸을⋯ 너희 인간들이⋯ 감히 내
            딸을⋯ 다 갈갈이 찢어버리겠다.

쏘냐, 사장에게 달려들려 한다.
바냐, 쏘냐를 안는다.

사장   제발, 그만들 해. 우린 여기서 나가야 한다고.

사장, 미봉을 부르며 퇴장한다.

사장   미봉아, 어디 갔니. 늦었단 말이야! (무대 밖에서) 이제 곧
            해피머니가 올 거야. 그럼 우리 둘 다 끝장이야. 미봉아!
바냐   어머니, 고정하세요.
쏘냐   인간들이 그애에게 총을 쐈어.
바냐   어머니, 우린 총을 맞아도 안 죽어요. 칼에 찔려도 안 죽
            어요.
쏘냐   누가 죽는대! 하지만 아프단 말이다! 인간들처럼. 죽을
            것같이 고통스럽단 말이다! 아냐!

쏘냐, 나가려고 한다.

바냐, 잡는다.

쏘냐　놔라!

바냐　어머니, 해요, 해가 떠요.

쏘냐　아냐, 엄마가 간다. 아냐.

쏘냐, 문을 연다.

바냐와 쏘냐 빛에 튕겨나간다.

바냐, 쏘냐를 안고 상자로 데려간다.

바냐　엄마, 아냐는 괜찮을 거야. 어디 잘 숨어 있을 거라고.

쏘냐　그럼 여기서 가만히 있자고? 네 동생이 죽을지도 모르는
　　　데! 기다리고만 있자고?

바냐　어머니.

쏘냐　넌 언제나 넋 놓고 아무 짓도 하지 않았어. 지켜줘? 누
　　　굴? 우릴, 네가? (허탈하게 웃는다)

바냐　해가 곧 져요. 어머니 해가 지면 제가 아냘 찾아올 게요.

쏘냐　닥쳐라! 바냐. 내 눈앞에서 당장… 사라져.

바냐, 마음을 놓을 데가 없다.

상자 속으로 들어간다.

쏘냐　(상자 속에서) 아냐야, 아냐야. 어디 있느냐. 아냐.

10장. 호숫가

흠뻑 젖은 사장, 무릎을 꿇고 앉아 있다.

해피머니 여자는 낚시의자에 앉아 사과를 깎아먹는다.

해피머니 남자가 양산을 받치고 정자세로 곁에 서 있다.

해피머니 여자   그래, 이제 답을 말해봐. 호수 바닥까진 몇 메타?

사장, 물을 토해낸다.

해피머니 여자   바닥까진 못 갔나 보네. 바닥을 찍어야 호수의 깊
                 일 알지.

사장   … 돈은 어떻게든… 말미를 주면.

해피머니 여자   뚝. 우린 노래방에서 노래 일절에서 끊거든. 넌, 내
                 궁금증을 한 번도 풀어 준 적이 없어. 돈은 언제 갚을래?
                 이자는 왜 못 줘. 호수 깊이가 궁금하다는데 왜 허우적거
                 려? 혹시 살고 싶어? 아직 바닥을 못 봐서 그렇지? (남자
                 에게 신호 보낸다) 너, 인생이 아직 가볍구나.

해피머니 남자, 사장의 주머니에 돌멩이를 넣는다.

사장   (몸부림치며) 임 회장이, 여길 싹 허물고 골프장을 짓겠다고. 돈을 받으면 그걸로….

해피머니 여자   임 회장? 아! 그 코에 사마귀 나고 머리 큰.

사장   임 회장, … 아십니까?

해피머니 여자   어떻게 지금까지 숨겼어? 우리 깜짝 놀라게 하려고? 우리 사이에 아직 비밀이 있다니, 거 참 놀랍네. 그러니? 남군아.

해피머니 남자   놀라야 합니까, 실장님?

사장   … 생각할 시간이 필요해서.

해피머니 여자   생각에 시간이라. 둘이 붙으면 돈이 나와? 생각과 시간이 붙어먹으면 이자가 태어나. 그거 아주 무럭무럭 자란다. 남군, 계산.

남자, 계산기를 꺼내, 두드린다.

해피머니 여자   시간은 돈. 출장비 추가. 위자료 추가. 십 분당 백만 원.

사장   당장 전화할게. 전화기, 임 회장한테.

해피머니 여자   남군아, 18홀이랬지. 개장이 언제라더라?

해피머니 남자   내일 바로 공사 들어가면 내년 봄쯤 완공된다고 했습니다.

해피머니 여자   이게 우리끼리 비밀인데. 보너스로 회원권 두 장 준댔어. 임 회장이.

사장   (벌떡 일어서며) 너희들끼리? 누구 맘대로!

해피머니 여자   너, 임 회장 돈 받아 우리 줄 거지. 임 회장, 너, 우리. 이렇게 삼 단계 걸칠 게 뭐 있나. 임 회장 돈 우리가 다이렉트로 받으면 유통마진 줄이고.

해피머니 남자, 여자에게 계산기를 보여준다.

해피머니 여자   (혀를 차며) 그새 이자가 또 새끼 쳤네. 우리 참, 질긴 인연이야.

해피머니 남자, 사장에게 계산기를 보여준다.

사장   오천이 이년 만에 삼 억이 된다. 이게 말이 돼? 이게 도 대체 무슨 계산법이야?

해피머니 여자   우리 계산 정확해. 남군아, 너 학교 다닐 때 수학 잘 했지?

해피머니 남자   … 죄송합니다. 실장님. 수학을 잘한 건 지난 여름 에 죽은 백군입니다.

해피머니 여자   아, 그래. 그럼 넌 뭘 잘 했니?

해피머니 남자   피아노를 좀… 쇼팽 콩쿠르에 나가 (비비꼬며) 부끄 럽습니다. 실장님.

사장   (고개를 숙이고 헛웃음) 맘대로 해라. 어차피 나한텐 아무 것 도 안 남았어.

해피머니 여자   정말 아무 것도 안 남았어?

사장   몸뚱이 하나 남았다. 이것도 필요하면 가져가.

해피머니 여자   불량품 사절이야. 신장도 망가져, 간도 썩어. 폐도 시커매. (사장의 머리통을 쓰다듬으며) 왜 그렇게 속상하게 살았니? 건강도 좀 챙기지.

사장   (허탈하게 웃는다) 그러게.

해피머니 여자   (일어서며) 그렇다고 끝까지 희망을 잃어선 안 되지. 돈 없고, 땅 없고, 빽 없고, 건강을 잃어도 우리에게 남는 게 있잖아. 뭐지? 남군아.

해피머니 남자   이잡니다. 실장님.

해피머니 여자   가족. 가족은 늘 우리 곁에 남아 있잖아. 기쁠 때나 힘들 때나, 슬픔과 고통까지 연대보증 서주는 그 이름, 가족.

사장, 경악하여 해피머니 여자를 본다.
사장, 일어나려고 몸부림친다.

사장   안돼! 윤수도 없어. 이제 나한텐 미봉이 뿐이야.

해피머니 여자   우리 질긴 인연, 이걸로 끝장내자. 남군아, 사장님, 뱃놀이 좀 시켜 드려.

11장. 유원지

미봉 살금살금 주위 살피며 걷는다.
해피머니 남자, 여자 미봉 앞을 가로막는다.

해피머니 여자　어딜 가시나? 현 사장 처 황미봉 씨.

미봉　당신들 누구야?

해피머니 여자　이 여자 남편 큰일 났지? 남군아.

해피머니 남자　죽기 일보 직전입니다. 실장님.

미봉　당신들, 그….

해피머니 여자　그래, 해피머니. (품에서 서류 꺼내 미봉에게 건넨다) 니 남편이 자필로 쓴 신체포기각서야. 거기 핏자국 옆에 지장 찍은 거 보이지?

미봉, 박박 찢어버린다.

해피머니 여자　잘했어. 니 남편 몸뚱인 아무 값어치가 없거든.

미봉　그게 무슨…?

해피머니 여자　몰랐어? 니 남편 몸 우리가 좀 뜯어 봤는데. 영 못 쓰겠더라. 길어야 삼 개월?

미봉　뭐가 삼 개월…?

해피머니 여자   유통기한 삼 개월. 버린 몸뚱이, 물고기 밥이 되도
                  상관없지. … 그런데 넌 어때? 아이에, 남편에 가족 둘을
                  모두 호수에다 잃으면, 아, 난 정말 상상도 하기 싫다.
미봉   그게 무슨 소리야?

바냐 등장한다. 바냐, 미봉을 발견하고 다가온다.

해피머니 여자   우리가 네 남편 꽁꽁 묶어 오리 배에 실어놨거든.
                  알지, 오리 배? 그 바닥에 구멍 뚫린.
미봉   뭐!

미봉, 주저앉는다.
바냐, 와서 부축한다.

바냐   미봉 씨! 이 사람들은 누구예요?
해피머니 여자   얜 또 뭐니? 흑기사니? (미봉 바냐에게 가만히 있으라
                  한다)
해피머니 여자   네 남편 죽고 사는 건 너, 마음 먹기 달렸어. 어쩔
                  거야? 갈래? 말래?
미봉   내가 가면 그 사람 풀어주는 거야?
해피머니 여자   그럼. 너만 가면 만사 다 해결된다.
미봉   그 사람도, 여기 드림월드도 살려주는 거지.
해피머니 여자   그럼, 난 손 하나 까딱 안 한다니까.
미봉   갈게.
해피머니 여자   잘 생각했어. 간 쪼끔, 허파 쪼끔, 콩팥 한쪽으로
                  사람 목숨을 살리는 거지, 참 아름다운 결단이야.

바냐   이게 무슨 소리예요, 미봉 씨.

해피머니 남자, 미봉을 데리고 가려한다.
바냐, 앞을 가로막는다.

바냐   당신들 뭐야! 뭔데 사람을.
미봉   바냐, 괜찮아요. 이건 우리 문제예요.
바냐   우리 문제? 저 사람들이 당신을, 당신 몸을.
미봉   그것만 떼 주면 그 사람이랑 드림월드엔 손대지 않겠대요.
바냐   (미봉을 막아서며) 당신 사람이잖아. 다 내주면.
미봉   어차피 난 더 잃을 게 없어.
해피머니 남자   우리 갈 길 바쁜 사람이야.

해피머니 남자, 미봉에게 간다.
바냐, 막아선다. 흡혈귀다운 포스가 살아난다.
해피머니 여자, 잽싸게 미봉을 안는다. 품에서 칼을 꺼낸다.

해피머니 여자   한 발짝만 가까이 오면, 이년 목, 확 그어버린다.
바냐   미봉 씨.

바냐, 흡혈귀 포스 거둔다.
해피머니, 남잘 풀어준다.

해피머니 남자   (바냐의 뒤통수 갈기며) 야, 새꺄. 덤벼봐. 덤벼봐.
미봉   바냐, 달아나요, 달아나요.

해피머니 남자, 바냐에게 발길질한다.

해피머니 남자 안단테, 안단테, 포르테, 포르테. 칸타빌레!

바냐, 꼼짝도 못한다.

해피머니 여자 오, 훌륭한 연주.
해피머니 남자 별 쪼다 같은 새끼 다 봤네.
미봉 (해피머니 여자에게 애원) 우리 가요. 저 사람 내버려둬요.
가자고요!

해피머니 여자, 남자 미봉을 데리고 가려고 한다.
바냐, 해피머니 여자의 발목을 잡는다.

바냐 못 가. 차라리, 날 데려가.

해피머니 남자, 발을 들어 바냐를 차려고 한다.

미봉 하지 마. 바냐, 달아나요!
바냐 못 달아나! 싫어, 더 이상은 싫어. 제발 나도 뭔가 하고
싶어. 그냥 바보처럼 있다가 다 잃고 싶진 않다고. (해피
머니 여자에게) 날 데려가. 대신 이 여자랑 드림월드 내버
려둬.
해피머니 여자 왜?
바냐 나, 감기 한 번 걸린 적 없어. 웬만해선 죽지도 않아. 생
살을 뜯어도 아프지 않아.

미봉   바냐!

해피머니 여자   이거 드라마에서 많이 보던 장면인데… 그녀 대신 니가 가겠다? 정말?

미봉   바냐, 안 돼요!

해피머니 여자   어느 쪽으로 할까요? 알아 맞혀 봅시다. 딩동댕. 그럼, 이쪽을 데려가 볼까?

바냐   미봉 씨, 얼른 호수로 가 봐요. 배 가라앉아요.

미봉   바냐. (호수 본다) 바냐.

바냐   나, 진짜 괜찮아요.

미봉, 일어선다.

바냐   대신, 우리 엄마랑 아냐, 약속해요. 무슨 일이 있더라도 지켜주겠다고. 여기 살게 해주겠다고.

미봉   당신 엄마랑 동생.

바냐   약속하는 거죠?

미봉, 끄덕거린다.

바냐   얼른 가 봐요. 늦기 전에.

미봉, 퇴장한다. 가다가 한번 뒤돌아본다.

바냐   (가라고 손짓하며) 가요, 나 괜찮아요.

해피머니 여자, 남자에게 눈짓한다.

해피머니 남자, 바냐의 팔을 잡는다.

바냐, 뿌리치고 앞장서 간다.

해피머니 여자   하난 가고, 하난 살고. 세상 참 언뜻 보면 불공평한
데 따져보면 공평해.

해피머니 여자, 해피머니 남자, 바냐 뒤를 따른다.

해피머니 여자   남군아.

해피머니 남자   예, 실장님.

해피머니 여자   너는 말이야. 만약 이런 일이 생기면 나 대신 죽어
줄 수 있니?

해피머니 남자   (망설임 없이) 물론입니다. 실장님.

해피머니 여자   (남자 본다) 됐다. 쟤 넘기고 소주나 한 잔 해야겠다.
(둘러보며) 여기도 내일 아침이면 싹 밀릴 텐데.

해피머니 남자와 여자 퇴장한다.

사이.

무대 위로 아냐가 숨은 상자가 기어간다.

12장. 유령의 집

새벽. 상자가 놓인 유령의 집. 잠잠하다.
아냐, 상자를 쓰고 등장한다.

아냐   (상자를 벗으며) 엄마, 오빠. 나왔어.

상자들 꼼짝도 하지 않는다.
아냐, 바냐의 상자를 뒤집는다.
바냐 없다. 아냐, 쏘냐 상자 뒤집는다.
쏘냐, 벌벌 떨고 있다.

아냐   엄마, 왜 그래? 무슨 일 있어?

쏘냐, 부들부들 떨며 일어서서 아냐를 안는다.

쏘냐   아냐, 아냐, 내 아기. 살아 있었구나. 엄마가, 엄마가 널
         텔레비전에서 봤다. 인간들이 너에게 총을 쐈다.

쏘냐, 아냐의 몸을 이리저리 살핀다.

아냐	괜찮아. 엄마. 그깟 총 몇 발. 상처 금방 아물 거야. 근데 오빠?
쏘냐	널 찾으러 나간 모양이다.
아냐	날 찾으러? 어디로. 엄마, 경찰들이 여기 들이닥칠지도 몰라. 오빠 찾아야 해.
쏘냐	안 된다. 아냐, 우린 여기서 바날 기다려야 해. 갠 언제나 제일 먼저 달아나 멀쩡하게 돌아왔지.
아냐	하지만.
쏘냐	괜찮을 거다, 네 오빠. 그래, 그렇지. 우린 흡혈귀야. 네 아버지 백작께선 수없는 전쟁을 치러내셨지. 칼을 맞아도 창에 찔려도 거뜬하셨다. (점점 강하게) 적들은 네 아버지의 그림자만 봐도 공포에 떨었지. 인간 따위는 우릴 해치지 못한다.
아냐	하지만 엄마.
쏘냐	나만 버려두고 가지 마라. 아냐. 엄마 혼자 두고 가지 마라.
아냐	여기서 달아나야 해. 경찰들이.
쏘냐	(무릎 사이에 얼굴을 파묻고) 아냐, 엄만 지쳤다. 난 더 이상 인간의 구경거리론 못살겠다. 더 이상 흡혈귀 시늉 내는 데도 지쳤다. 차라리 가뿐히 한 줌 재가 되고 싶다.
아냐	(눈물을 닦아주며) 아냐 엄마. 괜찮아. 조금만 더 참으면 돼. 그럼, 우리 여기 숨어 있자. 상자 속에 들어가 있으면 우릴 찾지 못할 거야.

아냐, 쏘냐를 상자에 넣어 준다.

아냐 나, 돈 많이 모았어. 조금만 더 모으면 아파트로 이살 가는 거야. 커튼을 치면 빛도 안 들어오고, 인간들도 엄말 못 봐. 아파트, 아파트에 숨겨둘게.

쏘냐 (훌쩍거리며) 아파트? 그 별빛이 흐르는 다리를 건너고 바람 부는 갈대숲을 지나야 갈 수 있다는….

아냐 ….

쏘냐 언제? 언제 갈 수 있는데.

아냐 백 년만, 한 백 년만 기다리면 돼.

쏘냐 백 년?

아냐 백 년이면 금세잖아.

쏘냐 하긴. 시간은 언제나 우리 편이었다. 수많은 인간들이 죽어갈 때, 우린 살아남았지.

스피커에서 목소리 들린다.

임회장 목소리 (마이크 테스팅하는 소리) 아… 아… 사랑하는 드림월드 식구 여러분. 안녕하십니까. 임 회장이라고 합니다. 햇빛이 따사로운 오늘, 지금 이 시간 부로 드림월드는 여러분과 함께 한 행복했던 과거를 뒤로 한 채 폐장합니다. 그동안 각자의 자리에서 최선을 다한 여러분의 노고에 감사드리며 이제 아쉬운 작별을 고하려 합니다. 철거가 시작되기 전에, 서둘러 퇴장해 주기 바랍니다.

유원지 닫는 노래 소리 들린다.
밖에서 공사 시작하는 소리 들린다. 벽이 흔들린다.

아냐   (사방을 둘러본다) 이게 무슨 소리야!

터진 벽 틈으로 손전등 불빛이 뱀처럼 길을 낸다.
쏘냐, 아냐 놀란다.

쏘냐   (상자에서 나온다) 아냐, 빛이다. 빛이 들어온다.
아냐   (관으로 밀어 넣으며) 엄마, 들어가.
쏘냐   (관에 들어가길 거부하며) 인간들이, 인간들이 우리를 잡으
          러 왔다! 아냐 여기서 달아나자. 인간들이 우리 성에 불
          을 지르고 우리 심장에 말뚝을 박는다. 들판이 타오른다.
          사방에 횃불이다! 달아나자. 아냐, 바냐.
아냐   엄마 들어가. 무슨 소리가 들려도 나오면 안 돼. (상자 씌
          우며) 깜깜해, 엄마? 빛, 하나도 안 들어와?
쏘냐   아무 것도 안 보인다. 빛 한 점 없어 깜깜해.
아냐   엄마, 절대 상자 밖으로 나오면 안돼.
쏘냐   아냐.

아냐, 자신의 관으로 들어가려 한다.
빛이 아냐를 공격한다. 아냐, 꼼짝도 못한다. 손으로 눈을 가린다.
공사하는 소리는 점점 커진다. 빛줄기 사방에서 새어 들어온다.
쏘냐의 상자 들썩거린다.
아냐, 쏘냐의 상자를 막는다.

쏘냐   아냐? 괜찮은 거지? 아냐, 아냐.
아냐   엄마, 난 괜찮아. 그러니까 절대 나오면 안 돼.
쏘냐   아냐, 아냐, 엄말 이 상자 밖으로 내 보내 다오. 제발.

아냐 … 빛이, 빛이 달군 바늘처럼 내 눈을 찔러.

쏘냐 빛이 네 눈을 태운다, 아냐. 눈을 감아. 아가, 눈을 꼭 감아.

아냐, 정면으로 보고 눈을 꼭 감는다.

아냐 엄마, 깜깜해. 아무 것도 안 보여.

쏘냐 아가, 절대 눈을 뜨지 마라.

아냐 양 한 마리, 양 두 마리… 엄마… 무서워.

아냐, 바닥에 촛농처럼 무너져 내린다.
집이 무너지는 소리 들린다.

쏘냐 (상자 들썩인다) 아냐, 아가야, 넌 바람처럼 들판을 달리고 있어.

주위, 잠시 고요해진다.

아냐 엄마, 바람이 불어요. 내 몸이 점점 가벼워져. 날아갈 것 같아.

쏘냐, 상자를 쓴 채 아냐에게 간다.

쏘냐 아냐야, 아냐.

쏘냐, 상자를 들추고 축 늘어진 아냐를 본다.

쏘냐 아냐, 아가야. 정신 차려. 아가, 아냐.

아냐 엄마, 빛이야… 저쪽은 환해.

아냐, 축 늘어져 움직이지 않는다.
쏘냐, 상자를 쓴 채 아냐를 끌어안는다.

쏘냐 아냐!

공사장 소리 다시 들린다.

쏘냐 (상자를 쓰고 부들부들 떨며 일어선다) 아냐. (나가려다가 빛에 제지당한다) 바냐! 바냐, 어디 있느냐!

오른편에 빛 밝혀지면 세워진 수술대에 놓인 바냐.
가운을 입은 사람들 바냐의 왼편과 오른편에 서 있다.
양팔과 양다리를 묶인 바냐 꿈틀거린다.

쏘냐 (눈이 부시다. 손등으로 눈을 가리며) 너희, 그 빛 뒤에 숨은 인간들, 썩 내 앞으로 나와라. 빛 뒤에 숨지 말고, 내 앞으로 나와라. 인간들아, 너희들의 맨 얼굴을 보여 다오. 내가 똑똑히 볼 수 있게. (쏘냐, 상자를 벗어버린다) 빛 뒤에 숨지 말고, 어서 내 앞으로 나와라. 나도 너희들에게 내 얼굴을 보이겠다. (쏘냐, 얼굴을 정면으로 향한다) 늑대들아! 달려라! 인간들의 목 줄기를 끊어놓아라. 우리 눈물로 너희의 피로 되갚아주마. 루프, 루프 늑대들아, 오너라. 피비린내를 따라가자….

빛이 쏘냐를 향한다.
쏘냐, 얼굴을 감싼다.

쏘냐   (무릎 꿇으며) 예 브트, 예 브트.⁴⁾ 바람이 분다. 재가 되어
             난 고향 들판으로 날아간다. 예 브트, 예 브트.

아냐과 쏘냐, 몸을 점점 웅크린다.
벽이 무너진다.
일시에 환한 빛, 쏟아진다.

---

4) 바람이 분다.

13장. 공터

밤, 무대 한 구석에 공터.
지나가는 여자, 쓰레기봉투 앞에서 구역질하며 꺼이꺼이 운다.

여자   (처량하게) 나쁜 새끼. 나쁜 새끼. 어떻게… 나한테 어떻게 이럴 수가 있어! 사랑이 어떻게 변해! (핸드백에서 거울 꺼내며) 뚝, 괜찮아. 안 죽어, 못 죽어. 넌 이겨낼 수 있어. (구강청정제를 꺼내 뿌린다)

비닐봉지 부스럭거린다.
비닐봉지를 찢고 나오는 바냐.
대충 걸쳐 입은 옷, 몰골이 형편없다.
텅 빈 자루 같다. 기운이 없다.

바냐   (둘러보며) 여기가… 어딥니까? 지금 몇 시예요?

여자, 경악해서 달아난다.
바냐, 혼자 멀뚱히 서 있다.
바냐, 자기 배를 감싸 안는다. 아프다.

바냐   (혼잣말처럼) 아냐, 어머니, 우리 집. 따뜻한 상자 속에서
       자고 싶어.

       바냐, 무대 중앙의 유령의 집으로 향한다.
       머리에 비닐봉지를 쓴 남자(장백두)와 스쳐지나간다.
       바냐, 유령의 집으로 비틀거리며 뛰어 들어온다.
       상자들, 납작하게 누워있다.
       텔레비전은 뒹굴고, 공사장비가 쓸고 간 난장판.
       바냐, 상자 앞에 나뒹굴어진 텔레비전을 일으켜 세운다.

바냐   어머니, 저 왔어요. (둘러보며) 아냐?

       바냐, 아냐의 상자를 일으켜 세운다.
       바냐, 아냐의 교복을 본다.

바냐   아냐, 어딨니? 오빠 왔다.

       바냐, 소냐의 상자를 일으켜 세운다.

바냐   어머니. 저 돌아왔어요. 어머니? 아냐?

       상자를 치운다.

바냐   어디 숨은 거야? 어디 숨었어! 나와 봐. 왜 대답이 없어.

       상자 아래에 재가 두 무더기 소복하게 쌓여 있다.

바냐, 잿더미를 멍하니 보다 무릎을 꿇는다.

바냐 엄마?… 아냐?

바냐의 두 손으로 재를 한 움큼 쥔다. 손가락 사이로 재가 모래처럼 흘러내린다.

바냐 아니지? 아니지? 아니지! 대답 좀 해봐!

바냐, 재를 뺨에 부비 댄다.

바냐 아직 따뜻해. 아직도 따뜻해. 대답해봐, 아냐, 엄마. 아닌 거지? 바람, 바람이, 불어.

바냐, 재를 가슴에 끌어 모은다.

바냐 아냐야, 엄마. 안 돼, 가면 안 돼.

14장. 호숫가에서

달밤.

미봉, 호숫가에 쭈그리고 앉아 있다.

무대 한 편에 관이 놓여 있다.

미봉, 노래를 흥얼거리며 돌을 주워 주머니에 넣는다.

아주 천천히 움직인다.

바냐, 등장한다. 한 손에는 상자 들고 있다.

미봉, 바냐를 본다. 무심한 눈길. 돌을 고르며 계속 노래만 한다.

노래, 멈추고 미봉도 멈춘다.

바냐는 서서, 미봉은 앉아서 호수 저편을 본다.

바냐   (상자를 보며 혼잣말로) 아냐와 엄말 트란실바니아로 보내
         줄 거야.

미봉   오리들은 다 사라졌어. 이제 저 기슭까지 얼음이 깔릴 거
         야.

바냐   (미봉 보고는) 왜 그랬어.

미봉   (관을 보며) 그 사람 죽었어, 바냐. 그 사람, 저녁마다 내
         눈앞에서 톱질을 했는데… 난 몰랐어. 뭘 만드는지.

바냐   (미봉의 팔을 잡으며) 왜 그랬어. 엄마, 아냐. 당신이 지켜준
         다고 약속했잖아. 나한테, 나한테 약속했잖아.

미봉	… 미안해.
바냐	미안해?
미봉	바냐한테도 미안한데. (바냐의 손을 떼어내며) 나, 가야 돼.
바냐	가? 어딜 간다고.
미봉	호수. 얼음이 깔리면 영영 못 가. 지금 가야 돼.
바냐	가? 우린? 나는?
미봉	당장 가야 돼. 놔줘.
바냐	(막아선다) 못 가. 말해봐. 왜 그랬어! 왜 그냥 죽게 내버려 뒀냐고! 우린 그냥 여기 살고 싶었는데, 왜!

바냐, 흡혈귀 포스 살아난다.
미봉, 뒤로 물러선다.

| 미봉 | 난 몰라. 난 아무 것도 몰라. 그러니까 아무 것도 알고 싶지 않아. 더 이상은. 그러니까 그냥 날 가게 내버려둬. |

바냐, 다가가 미봉을 잡는다.

| 미봉 | (거세게 밀치며) 놔. 바냐, 나, 우리 식구들이 다 저기 있어. |
| 바냐 | 나한텐 아무도 안 남았어. 재만 남았다고! |

바냐, 미봉을 물려고 한다.

| 미봉 | 난 바닥으로 가라앉을 거야. 저 밑 진흙에 묻힐 거라고. 저 밑에서 그 사람이랑 은수랑 썩을 거야. 진흙이 될 거야. 호수엔 달이 뜨고, 달빛이 우릴 어루만져 줄 거야. |

바냐　　안 돼!

　　　　　　미봉 밀치고 물에 뛰어든다.
　　　　　　잠시 후, 바냐, 미봉을 끌고 올라온다.
　　　　　　바냐, 미봉을 흔든다.
　　　　　　미봉, 움직이지 않는다.

바냐　　죽지 마. 나 혼자 두지 마. 죽으면 안 돼!

　　　　　　바냐, 미봉을 일으킨다.

바냐　　나는 죽지도 못해. 죽지도 않는다고! 막막해. 막막해. 어
　　　　　　떻게 혼자서 그 시간들을 견디라고!

　　　　　　바냐, 미봉 문다. 바냐, 미봉을 꼭 끌어안고 춤춘다.
　　　　　　마네킹이나 인형, 시체끼리 춤추듯.

에필로그

들판. 새소리 들린다.

해피머니 남자   (목소리) 실장님, 나이스 샷!

해피머니 남자와 여자 등장한다.
해피머니 남자, 이리저리 공을 찾는다.

해피머니 남자   분명히 이쪽으로 날아왔는데.

해피머니 여자   굼뜨긴. 오군아, 넌 뭘 잘 한댔지?

해피머니 남자   뭘 못 하나 물어 주십쇼.

해피머니 여자   넌, 왜 걸핏하면 물어 달래? 그래서? 공은? 찾았
니? (발 움직이며) 임 회장은 골프장 관리를 어떻게 하는
거야. 사방에 잡초에. 질척질척. 오군아.

해피머니 남자   (공 찾으며) 예. 실장님.

해피머니 여자   여기 말이다. 이 골프장 원래 유원지였다.

해피머니 남자   유원지요? 오호~.

해피머니 여자   (발을 구르며) 우리들 발밑은 호수였고.

해피머니 남자   호수요? 원래부터 들판이 아니라요?

해피머니 여자   … 참, 감쪽같지.

해피머니 남자　실장님 공도 감쪽같이.

해피머니 여자　됐어. 공이야 남아도니까.

해피머니 남자　(달을 보며) 실장님, 달이 참 밝은데요!

　　　　해피머니 여자, 남자 퇴장한다.
　　　　조명 어두워지고, 밝은 달이 뜬다.
　　　　무대의 뒤편과 좌우에서 상자들 천천히 기어 나온다.
　　　　바냐, 아냐, 쏘냐는 흡혈귀, 미봉, 남자, 여자는 좀비.
　　　　상자 벗고, 상자 옆에 선다.
　　　　무표정한 얼굴로 천천히 한 발씩 앞으로 나온다.
　　　　짝을 지어, 천천히 춤춘다.

연꽃 속의 불

등장인물   송화숙 50대 후반 여자
          남자 30대

무대   의자 하나가 놓인 무대

때   1997년 12월 22일.
         전두환·노태우 사면 복권 5개월
         뒤인 1998년 5월

화숙, 연등을 들고 무대를 돈다.
총소리, 들린다.
화숙, 멈춰 선다.

암전.

어둠 속에서 신나는 트로트 음악, 들린다.
불이 켜지면 남자와 화숙 춤을 추고 있다.

남자　릴랙스, 릴랙스. 리듬에 맞춰~.

화숙　(뿌리치며) 당신 제비요?

남자　아이, 어머님.

화숙　어머님? 나가 왜 댁, 어머니야. (화숙, 가서 카세트를 끈다) 시간낭비 고만하고 나 시급히 가야겠네. 할 일이 태산인데, 장도 봐야하고.

남자　자녀분들이 어머님 모시고.

화숙　다, 씨알 데기 없는 짓이야.

남자　(화숙 주위를 맴돌며 진지하게) … 입안은 바짝 바짝 타들어가고, 머리는 띵하고 얼굴은 화끈거리고 밥을 먹으면 체하고 가슴에서 막 열불이 치솟고… 그러시죠?

화숙　(손부채질 하며) 그란디?

남자　괜스레 서글프고 별안간 울컥하시고.

화숙　… (손수건을 꺼내 이마를 닦는다) 로터리 김 내과에서도 아무 이상 없다고 했다니께.

남자　그게요.

화숙　판피린 에프 먹고, 아랫목에서 땃땃허게 지지면 된다니께.

남자   (다가가며) 저기, 어머님.

화숙   왜?

남자   (웃는다) 하하하~

화숙   (뚱하게)… 뭔 일 있다냐? 뭐시간디 웃어?

남자   자, 저 따라 웃어보세요.

화숙   ….

남자   하하하하.

화숙이 뜨악하게 쳐다보자, 남자의 웃음소리 잦아든다.

화숙   뭔 일 있다냐? 뭐시간디 웃어?

남자   일부러라도 웃으면 뇌에서 엔돌핀이 분비된대요.

남자, 혼자서 슬랩스틱 코미디를 한다.
화숙, 설핏 웃는다.

남자   정말, 괜찮으세요?

화숙   어.

남자   진짜, 아무렇지도 않으세요?

화숙   썩을! 그럼 나가 이 자리에서 콱, 쓰러져버리겠다면 좋겠
소?

남자   … 따님이 그러시는데, 지난번에 친구 분 돌잔치에 가셨
다면서요. 돌잡이 하는 거 보시고 막 우셨다고.

화숙   이 메친년이 영판 남한티 미주알고주알.

남자   따님이야 어머님이 걱정되니까 그러죠. 그리고 보니 어
머님이랑 따님이랑 닮았네. 요기 눈매가 참 고우세요. (다

가간다)

화숙 (물러서며) 쟁그럽다, 퍼뚝 저리 가라.

남자 … 왜 우셨어요? 무슨 일 있으셨어요?

화숙 ….

남자 돌쟁이가 뭘 잡았는데요? 돈? 공책? 연필? 마우스? 축구공? 재판봉? 또 뭐가 있더라. 그, 그….

화숙 실.

남자 맞다, 실. 장수. 오래 사는 거 맞죠? 돌쟁이가 실 잡는 거 맞죠?

화숙 … 어.

남자 근데 왜 우셨어요? 친구 손자가 오래 사는 게 싫으셨어요?

화숙 뭐라?

남자 돈을 잡았어야 했나? 아니면 마우스? 축구공? 오래 사는 거 보단 잘 사는 게 아무래도 낫겠죠? 굵고 짧게. 팍! 임팩트 있게.

화숙 (한 손 들고 때릴 듯) 이 썩을 눔이 지금 뭐라 씨부려싸노?

남자 생각해보세요. 어머님 손자 돌잔치에 누가 와서 막 대성통곡하면 어쩌시겠어요?

화숙 그게 아니고.

남자 그럼요? 장례식장에도 아닌데 왜 대성통곡을 하셨어요?

화숙 ….

남자 말해보세요. 왜 우셨는데요? … 무슨 생각하셨는데요?

화숙 … 뒤뒤.

남자 어머님, 울화병은요, 가슴에 불덩어리가 있는 거예요. 싹 털어놓으셔야 괜찮아지시는 거예요. 털어놔 보세요.

화숙　뭣을 털어놔?

남자　남의 손자 돌잔치에서 왜 우셨는지.

화숙　꼬치꼬치 뭘 캐물어. 형사 맨치로.

남자　형사? 어릴 적엔 도둑놈 때려잡는 형사가 꿈이었는데.

화숙　뭐시라?

남자　수사반장, 잠복근무, 멋지잖아요. (폼 잡으며)

화숙　느자구 없는 놈.

남자　느… 뭐가 없다고?

화숙　그 싸가지 없는 넘들이 준범이 제삿날에 찾아 왔네.

남자　찾아와서요.

화숙　친구라기에 잡고 이런저런 얘길 했지… 나가 수박까지 썰어서 줬는데… 아이고, 속창아리 없는 년. 알고 보니 형사였단 말이시. 이웃이랑 친척들까지 달달 볶아대고. 결국 서울로 쫓겨 가지 않았는가. (돌아앉으며) 관둬. 말해 뭐하나.

남자　형사한테 뭐라고 하셨는데요?

화숙　건, 알아 뭣하게?

남자　궁금해서요. 그때는 하고 싶은 말 다하셨을 게 아니에요.

화숙　되앗네. 다 지난 일이야.

남자　그러게요. 다 지난 일이니, 몽땅 잊으셨겠네요.

화숙　워메.

남자　가슴에 불을 품고 사람이 어떻게 살아요? 용도 아니고.

화숙　보자보자 하니까, 가슴 속의 불을 꺼준다느니 어쩌느니 하면서 자꾸 부채질을 해싸?

남자　어머님, 고정하세요.

화숙　(일어나려다 무릎 치며) 아이고 무릎이야. 비가 오려나 보네.

(멀리 보며) 비 오면 꽃 다 질 텐데.

남자   더 늦기 전에, 꽃구경 가야겠네. 어머님은 꽃구경 안 가세요?

화숙   철따라 꽃놀이, 단풍놀이. 상팔자재. 나가 말이여. 서울 와서 4남매 여위고 대학까지 보내느라.

남자   그럼 이제 슬슬 꽃놀이, 다니셔도 되겠네요?

화숙   왐마! 꽁당꽁당 말대구는.

남자   혹시 꽃놀이 같이 가고 싶은 사람 있으세요?

화숙   ….

남자   동네에 찜해둔 할아버지나.

화숙   실없는 소리 허덜 마소.

남자, 의자 쪽으로 간다.

남자   이 의자에 누군가 앉아 있다고 상상해 보세요.

화숙   ….

남자   같이 꽃놀이 가고 싶은 사람이 저 의자에 앉아 있는 거예요.

화숙   뭔 귀신 씨나락 까먹는.

남자   보이세요? 말을 한 번 걸어보세요.

화숙   (말똥말똥) 의자한테?

남자   의자가 아니라, 의자에 앉아 있는 사람한테요.

화숙   뜬금없이 웃으라질 않나, 의자한테 말을 허라고?

남자   보고 싶은 사람이 지금 당신 앞에 앉아 있습니다. 그 사람을 떠올려 보고 그 사람이 무엇을 하고 있고, 무엇을 입고 무엇을 생각하는지 상상해 보세요. 자, 떠오르시면

	손을 드세요.
화숙	됐다니까.
남자	아드님 성함이 뭐예요?
화숙	… 건 왜?
남자	한번 불러보세요.

화숙, 가만히 의자를 본다.

남자	저기, 아드님이 앉아 있다고 상상하시고 한번 불러보세요.
화숙	… 답도 못 들을 틴디.
남자	아드님, 이름 불러보신 지 오래되셨죠? 아무도 불러주는 사람도 없고.
화숙	(작게) … 준범아.
남자	그렇게 작은 목소리로 말씀하시면, 못 들어요.
화숙	이게 다 뭔 소용이 있다냐?
남자	그래도.
화숙	나, 사실 예전에 이런 거 혀봤어. 상담인가, 뭔가. 둘째 메느리가 강제로 끌고 가서. 로타리 상가에 있는 신경관가 뭔가.
남자	그래서요? 거기선 뭐래요?
화숙	뭐라긴. 나한테 싸다구 맞아부렀재.
남자	(흠칫) 예? 왜요….
화숙	면상은 삶은 계란처럼 빼질빼질한 놈이. 해죽해죽 웃으며 (화가 난다) 이젠 행복하게 살라고, 행복? 자식 앞세운 어미 앞에서 뭐라 씨부려대는디.

남자 그 계란이 뭐라 씨부려댔는데요?

화숙 대뜸 용서해라, 화해해라. 부체님 났네. 부체님 났어. 그 따위 소리를 나한테 씨부렁거리느냔 말이다! 용서 받을 놈은 지가 죄를 저질렀다고 인정도 안 하고, 사과도 안 하는데, 나 혼자 용서하라고? 용서를 원치도 않은 놈한테, 용서?

남자 ….

화숙 그 쓱을 놈이 나 보고 울화를 한으로 승화시키래. 승화? 승화! 해필 승화? 내 가심에 이렇게 못을 박고, 지기들은 도둑질해 놓은 돈으로 편허게 잘 묵고 잘 살고. 승화? 나가 그눔들, 이름만 들어도 이가 갈리고 털이 서는디, 근디, 시방, 그눔들은. 그눔들은 암시랑토 않게 두 발 쫙 뻗고 잔단 말이여. 나가 한 살이라도 젊을 때 그눔들을 싸그리 잡아다 무등산 호랭이 밥으로 주든지, 갈갈이 찢어서 도청 앞 분수대에 매달아 놔도 분이 안 풀릴 것이여.

남자 (씨근덕거리며) 이런 개, 개만도 못한 개새끼들! (방망이 내주며) 자, 저 의자를 그눔들이라고 생각하시고 패세요.

화숙, 방망이로 의자를 두 어대 때린다.

화숙 이건 또 뭣이라요?

남자 (방망이로 의자 때리며) 속이 풀리실 때까지 패세요.

화숙 (방망이질을 하며) 네눔들이 대관절 우리랑 무슨 원수가 졌다고 내 새낄, 이 개새끼들아! 짐승겉은 놈의 새끼들! 한 놈도 남김없이 잡아 뻥아리 털 뽑디끼, 옷을 홀라 벗겨 오뉴월 복날 개 뚜리래 잡디끼, 죽을똥살똥 생똥 싸게 헐

것이여. 두고 봐라, 이 씨불눔들아!

화숙, 방망이질을 멈추고 씩씩거린다.

남자   (물을 건네며) 이제 좀 후련하세요?

화숙, 물을 마신다.

남자   더 하실 말씀이 없으세요? 아, 이 씨벌눔들아!

화숙   5월만 되면 망월동이 뽁잡뽁잡허재. 5월장이야. 정치꾼
들 선거철에만 코빼기만 내밀어. 흰 장갑 끼고 마이크 잡
고, 역사가 어쩌구, 민주주의가 어쩌구. 괭이가 쥐 생각
하고 자빠졌네. 나가 그놈의 혀 바닥을 다 뽑아다 똥물에
튀겨서.

남자   (같이) 혀 바닥을 다 뽑아다 똥물에 튀겨서.

화숙, 남자를 멀뚱히 바라본다.

화숙   뭐하요?

남자   똥물에 튀기신다고.

화숙   (손사래치며) 되얏네.

남자   더 하실 말씀 있으시죠?

화숙   뒤뒤. 내 목만 아프재. 들어야 할 눔은 귓구녕 처막고 있
는디. (의자에 앉는다) 고새 의자가 삐약거리네. (손부채질)
아이고, 뻗치네.

남자   (사탕 주며) 이거 드세요.

화숙	드롭프스네. (입에 넣다 바로 뱉으며) 뭐여? 때알 맛이네.
남자	딸기는 싫으세요?
화숙	… 좀 그려.
남자	…. (사탕 먹는다)
화숙	맛나?
남자	그럼요. (끄덕끄덕)

사이.

화숙	(물끄러미 보며) 띠가 뭐당가?
남자	(사탕 물고 우물우물) 저요? 65년 뱀띠요.
화숙	우리 준범이가 갑진년 용띤디.
남자	….
화숙	결혼은 혔소?
남자	아뇨.
화숙	애인은?
남자	하하하.
화숙	결혼도 하고, 아이 낳고 적금 붓고 알콩달콩 살아야지. 고것이 사는 맛이재. 그려… 살어야재. (사이) 넘들이 그러대, 무신 여자가 자석이랑 남편이 죽었는디도 울 줄도 모르고 저라고 독하게 산다냐, 근디 말이여, 암시랑토 않다면, 고것이 거짓부렁이재. (손목에 건 고무줄을 잡아당긴다) 준범이 생각이 나면, 요로코롬 꼬무줄을 당겼다가 놓는 것이여. 그럼 정신이 번쩍 나. (놓는다)
남자	(손목 잡으며) 손목에 멍이 시퍼렇게 (고무줄 빼내려 한다) 이거 푸시는 게.

화숙　속에서 천불이 올라와 미쳐 불것는디, 어쩌겠나. (사이)
　　　몹쓸 놈!

남자　(흠칫) 예? 별안간 무슨….

화숙　및 번이나 신신당부혔는디, 초파일날 올 티니 딴 데 신경
　　　쓰지 말고 공부만 혀라. 틈만 났다 허믄 어딜 그리 빨빨
　　　쏘댕기는지. 살았으면 철따라 꽃도 보고, 단풍도 보고 을
　　　마나 좋아. (일어나며) 나가 그날 절에만 안 갔으면.

　　　화숙, 일어나 무대 위를 서성거린다.

화숙　연등을 들고 탑을 빙빙 돌았지. 우리 장남 공부 좀 열심
　　　히 하게 해주시오, 우리 집 기둥입니다. 준범이만 잘 되
　　　면 그 밑에 동생들은 어련히 잘 되지 않겠소? 부체님, 부
　　　체님. (허공을 가만히 올려다 보며) … 그날, 연등이 허천나
　　　게 고왔는디.

　　　화숙, 빠르게 걷는다.

화숙　집에 왔는디, 책상에 책만 펼쳐졌고. 바람에 책장만 폴랑
　　　거리고. 학원에서 늦나 보다. 들은 야그가 있으니, 가심
　　　은 벌렁대도 설마 뭔 일 있것어, 그놈들이 아무리 극악하
　　　기로서니, 준범이가 아즉 안디 설마 뭔 일이야 있었냐.
　　　지달려 보자. (사이) 펌프 옆에서 머리를 갬는디, 준범이
　　　친구가 대문에서 "아짐. 빨리 이리 와 보시오, 준범이가,
　　　준범이가" (천천히 일어서며 눈가에 흐르는 비눗물을 닦아내며)
　　　왜? 우리 준범이가… 와? (풀썩 앉아서) 도청 앞에서 총을

맞아브렀다고?

무대 끝으로 가서 관객들의 얼굴을 둘러본다.

화숙 우리 준범이 어딨다냐? 우리 준범이 못 보셨소! 준범아, 준범아. (무대를 돌며) 기독병원, 적십자, 조대 병원을 돌아 다녔는데, 죽은 사람 천지에, 복도에 피가 질척여 미끄러 지면 손바닥에 피가 헝건히 묻고 (손바닥 보며) 그 핏빛이 딸기맨치로. 잔뜩 익어 뭉그러진 딸기 맨치로 (손바닥을 치마에 문지르며) 적십자 병원에서 연락이 왔는디… 흰 천 아래로 교련복 바지가… 이 뭐꼬? (쭈그리고 앉아) 준범아? 준범아? (사이) 참말로 죽어 뿌린 거냐? 잉? 준범아? 대답 좀 혀 봐. (남자를 붙들고) 참말로 죽어부렀는갑다. (고개 저으며) 의사선상님, 아니지라? 한 번만 더 봐주소, 아니지 라? (남자, 고개를 젓는다) 아이고메, 어쩌까이. 어쩌까이. 어쩌야 쓸 거나, (남자 가슴을 치며) 준범아! 이놈아! 나가 그러코롬 나가지 말라고 단도리혔는디, 에미 말도 안 듣 는 이 나쁜 놈아, 이 못난 놈아.

남자, 화숙을 잡는다.

화숙 이거 놓으랑게! 이 어린 것이 뭐 죽을 짓을 했다고, 이 어 린 것 가슴 폭에 총을 쏘아야.

화숙, 의자 옆에 주저앉는다.

화숙 애 아버지가 알코올로 닦아 염을 하고 관에 넣고. (의자를 쓰다듬으며) 마지막 모습을 못 보게 혀서 관만 쓰다듬었재. 집에 돌아 왔는디, 책상 위에 놓인 책이 안즉도 팔랑거리는 거야. 이래 앉아 (이마를 찧으며) 책상에 이마를 찧는데 암시랑토 않고, 아무 느낌도 없고 허깨비마냥.

남자, 화숙을 의자에서 떼어낸다.

화숙 준범이 아부지는 술로 세상 뜨고… 막내 놈이 기어와서, 눈물을 닦아주며 우디마, 우디마. 어린 것한티 무담시 상처를 줄 필요는 없재. (비틀비틀 일어서며) 울믄 사람들이 불쌍하다고 동정은 허것재. 근디, 절대로 밥을 갖다 주지는 않어.

남자 ….

화숙 거기, 닦을 거 좀 있는가?

남자, 수건을 건네준다.

화숙 (손수건에 코를 팽 풀며) 눈물 흘리고 있다고 다가 아니네. 독허게 맘 묵고 살아야 쓴다는 말이여. 눈 질끈 감고, 귀 막고, 하고 싶은 말은 샘키고 눈, 코, 입 없는 독 마냥. 바느질, 대창 버스 차고지 옆에서 튀김장사, 드난살이, 학교 앞에서 뼹아리 장사… 상자 속에서 노란 놈들이 오글오글, 삐악삐악 울어 쌌는디.

남자 ….

화숙 이눔들 어미도 새끼가 보고 잪겠구나. 이 생이별을 어쩌것어.

남자 …그러게요.

화숙 뭐가 그러게여.

남자 어머니 마음 이해하겠다고….

화숙 오메 환장하겠소. 도대체 뭔 이해당가?

남자 ….

화숙 되얏네… 선상이 뭔 죄라고. 어미도 살자고 잊었는디 말이여.

남자 ….

화숙 가끔 준범이가 꿈에 와서 물어. 어떻게 된 일이냐고. 으쩌다 자기가 죽게 되었느냐고. 근디 나는 암말도 못 허것드라고. 의사선상님은 아는감?

남자 … 대학 때 책으로만.

화숙 어뜨케 되얏는지 누가 알겠소. 근디 말이여, 인간 목심을 포리마냥 보는 놈들한테 죽었다, 이렇게 허믄 준범이가 월매나 억울해 하것어. 뭔일이 있었는지 밝혀져야 해라. 그래야 우리 준범이 만나도 할 말이 있은께. 안 그라믄 저 세상에서 우리 준범일 으뜻케 보겠소.

남자 ….

화숙 얼마나 보고 싶은 새낀디 보고 싶은디, 보고 자퍼 죽겠는 디… 죽어서도 못 본단 말이요. 나가 무슨 낯으로.

남자, 화숙을 의자에 앉힌다.

남자 어머니, 눈을 감아보세요. 숨 들이쉬시고 편안하게.

화숙 ….

남자   예전에 아드님이랑 꽃 보러 가신 적 있으시죠?

화숙   … 준범이 어릴 적에 김밥 싸서 산에 갔재.

남자   그때도 꽃이 많이 폈죠?

화숙   천지사방이 알록달록 환하네.

남자   준범이는 어디 있어요?

화숙   벗나무 위로 기 올라가 가지를 막 흔들었재, 긍께 꽃잎이
          눈발처럼. 하이고, 야야, 그러다 다친다. 얼른 내려와라.

          사이.

남자   (화숙처럼) 준범아, 얼른 내려와라.

화숙   준범이가… 그랬재. (준범처럼) 엄마, 꽃 겁나게 이쁘지?

남자   (화숙처럼) 그래 곱네.

화숙   엄마도 얼른 올라 오랑께. (자기 목소리) 얼른 내려 오랑께.

남자   (끊고) 그러다 다친다.

화숙   (끊고) 아고! 엄니.

남자   아이고 많이 다쳤냐?

화숙   … 요기 무릎이 아프요.

남자   어디?

화숙   요기 피나요.

남자   많이 아프겠네. 이를 어쩌냐.

화숙   그때… 무릎 까진데, 아까징끼 발라줬는디.

          남자, 약을 발라주는 시늉하고는 호호 불어준다.

남자   이제 괜찮아?

화숙, 고개를 끄덕인다.

남자   자, 업혀. 엄마가 산 아래까지 업어줄게. 우리 아들 오래
             간만에 업어보자. 얼른.

남자, 화숙을 업고 걷는다.

화숙   엄니, 우요?
남자   아니다. 널 업고 걸으니 등도 따땃한 게 좋네.
화숙   ··· 미안혀요.
남자   뭐가, 미안혀.
화숙   나가 엄니 말 안 듣고···.

화숙, 남자의 등에서 내려와 의자에 앉는다.

남자   (앞에 앉아) 준범아, 이젠 괜찮으니까···.
화숙   (고개를 젓는다) ···.
남자   ···.
화숙   나 혼자 두고 어디 갔어? 엄니··· 컴컴하고 무서웠어. 엄
             니!

화숙, 준범의 부름에 답하듯 일어난다.

화숙   준범아, 엄닌, 엄닌···.

화숙, 연등을 든다.

화숙   (의자 주위를 탑돌이 하듯 걸으며) 준범아, 그날 엄닌, 연등을 보고 니 생각했다. 이래 가는디, 바람이 씨게 불대. 꺼지면 어쩌나. 근디, 불꽃이 흔들리지만, 꺼지진 않대. 종이로 만든 연꽃이 바람을 막아주는 거야. (의자 보며) 환하재. 엄니가 너 혼자 깜깜한 데 혼자 두진 않을 거다. (멈춰 선다)

남자   어머니, 괜찮으세요?

화숙   어.

남자   이제는 아드님을.

화숙   (끊고) 알어, 알어. 넘들이 그러대. 잊어야 산다고. 근디 (가슴 문지르며) 이 가슴 속의 불, 자꾸 끄라 말어… 이 불이 나한텐 준범잉께.

남자   …. (연등을 본다)

화숙   이 불뎅일 준범이맨치로 보듬어야지. 차마 못 잊어, 살아징께.

화숙, 의자 위에 연등을 놓아준다.

화숙   봐라. 준범아, 연꽃 속의 불, 곱지 않냐?

무대에 꽃처럼, 불빛 아른거린다.

－막－

사랑입니까?

등장인물   강만열 : 아버지

강용진 : 아들

무대   무대 한편에 1인용 텐트가 설치되어
있다. 주변의 나뭇가지와 연결된 빨랫줄에는 후
줄근한 옷가지가 걸려있다.
텐트 입구에는 낚시용 간이 의자가 놓여있다.

풀벌레 소리가 들린다.

조명이 밝아지면 용진이 낚시 의자에 앉아, 노트에 무언가를 쓰고 있다.

하품을 하고 기지개를 편다.

바지에 기어오르는 벌레를 본다.

미소 지으며 벌레를 조심스럽게 집어 나뭇가지에 옮겨준다.

산새 소리가 들린다.

하늘을 올려다본다.

구름 지나간다.

텐트 주변과 폴대를 살피다가 텐트 안으로 들어간다.

등산복 차림에 배낭을 짊어진 만열이 등장한다.

텐트를 발견하고 다가온다.

텐트 앞에 서서 주위를 둘러본다.

손수건으로 땀을 닦는다.

생수병을 들고 텐트에서 밖으로 나오던 용진이 만열을 발견한다.

두 사람, 마주 보고 한참 동안 말이 없다.

만열   그동안 잘 지냈냐?

용진   여긴 또….

만열   사람이 왔는데 앉으라는 말도 않냐?

용진   ….

만열   앉아도 되겠냐? … 앉는다!

용진   ….

만열   거, 물이냐? 그것 좀… 여기까지 올라오느냐 아주 죽는 줄 알았다. 올라도 올라도 끝은 안 뵈고 (심호흡) 저승길인 가 숨이 꼴딱꼴딱하는데… 거참, 목이 마르다니까.

용진	….
만열	(능청스럽게) 생판 모르는 나그네한테도 물 한 바가진 퍼
	주드만.

용진, 생수병을 던지듯 건네준다.
만열, 생수병을 따서 마시려다 코를 싸쥔다.

만열	아니 이게….

용진, 만열이 던진 생수병을 들고 텐트 뒤 쪽으로 간다.
만열, 배낭 주머니에서 물병을 꺼내 마신다.

용진	대체 어떻게 알고….
만열	(노려보는 용진에게) 산 아래서 사람들한테 사진 보여주니
	까 긴가민가 하길래 혹시나 해서 올라와봤다.
용진	….
만열	대한민국에 산이 4,400개야. 네 덕에 산천 유람에 효도
	관광에, 죽을 지경이다.
용진	(차갑게) 여긴 해 빨리 떨어져.
만열	알아.
용진	얼른 내려가. 해 떨어지면 금방 깜깜해져.
만열	(손전등 꺼내보이며) 준비 단단히 하고 왔다.
용진	곧 비도 올 거야.
만열	이 계절에 비는 무슨? (하늘을 쳐다보더니) 검은 구름도 없
	구만. 그래 날도 쌀쌀한데 젖어서 감기라도 걸리면…. 비
	오고 나면 금방 추워진다는데 이제 같이 내려가자.

용진 됐어.

만열 그럼, 나도 못 간다. 니 마음 고쳐먹을 때까지 여기서 꼼
        짝도 안할거야. 나 술도 사왔어. (생각난 듯) 참, 선물 있
        다. 슈퍼에 있더라구. (뒤지며) 어디 있더라. (소시지 상자 꺼
        내며) 너 어렸을 때 울다가도 이거만 주면 뚝. 받아!

용진 ….

        만열, 용진의 손에 쥐어준다.

만열 (웃으며) 너 어릴 적 몇 년간이나 성탄절 카드에 "산타 할
        아버지, 크리스마스 선물로 쏘시지 한 상자 주세요"라고
        써놨던 거 기억 나냐?

용진 (주머니에 넣고) 됐으니까 그만 내려가라고.

만열 언제까지 이러고 있을 거야. 천막에서 거지꼴로.

용진 ….

만열 내가 어떻게 하면 니 마음을 바꿔 먹겠냐?

        용진, 노래한다. (임재범 〈너를 위해〉)

용진 어쩜 우린 복잡한 인연에 서로 엉켜 있는 사람인가 봐.
        (만열 아니라는 듯 고개를 흔든다) 나는 매일 네게 갚지도 못
        할 만큼 많은 빚을 지고 있어. (만열 알면 됐다는 듯 만족해한
        다) 연인처럼 때론 남남처럼 계속 살아가도 괜찮은 걸까.
        (괜찮다고 하는 만열 보고) 그렇게도 많은 잘못과 잦은 이별
        에도 항상 거기 있는 너. 날 세상에서 제대로 살게 해줄
        유일한 사람이 너란 걸 알아. (만족스러워한다) 나 (만열, 고

래고래 소리치며 끼어들어 부른다) 후회 없이 살아가기 위해 너를 붙잡아야 할 테지만 내 거친 생각과 불안한 눈빛과 그걸 지켜보는 너. (함께 불협화음으로) 그건 아마도 전쟁 같은 사랑. 난 위험하니까 사랑하니까 너에게서 떠나 줄 거야.

용진　됐어. 이젠 그만 좀 놔줘!

만열　어떤 부모가 자식이 이러고 사는데… 잠이나 편히 잘 것 같아?

용진　서른둘이야. 아버진 아버지대로, 나는 나대로.

만열　네가 번듯하게 직장 갖고, 장가도 가고, 남들 사는 만치만 살면 나도 상관 안할게… 그러기만 한다면 나도 남들처럼 낚시에 여행도 다니고 구민회관에서 운동이랑 서예도 배우면서….

용진　지금부터 그렇게 살아! 나 쫓아다니느라 괜한 시간 낭비 말고!

만열　… 너 돈 한 푼도 없이 늙고 병들어 주위에 돌봐줄 사람 하나 없어도 이러고 살 수 있을 것 같아?

용진　돈이 전부는 아니야.

만열　그건 충분히 돈 있는 놈들이나 할 수 있는 얘기지.

용진　아참, 아버지께선 돈 얘기 빼곤 남는 게 없는 분이시죠. 내가 깜빡했네요.

만열　뭐, 이런 쌍놈의….

용진　새낍니다. 새끼 맞잖아요. 아버지 새끼!

만열　….

만열　(화를 억누르며) 그래, 언제까지 이러고 사실 참입니까?

용진　글쎄요. 할 수 있을 때까지요. 저도 궁금합니다. 아버지가 언제나 절 놓아주실지 말입니다.

만열 제대로 살아 안심시켜 주십시오.

용진 어떻게 해야 제대로 사는 건데요?

만열 남들처럼만 사십시오.

용진 남들처럼… 아버지처럼 말입니까? 그래서 지금 아버지
는 지금 인생에 만족하십니까?

만열 … 딱 한 가지만 빼고 말입니다. (용진을 가리킨다)

용진 거짓말 마십시오. 아버진 술만 취하면 제게 말씀하셨지
요. (만열 흉내) "야, 강용진 넌 진짜 나처럼 살지 마! 니 아
버진 정말 어렵게 산다. 비굴하고 비겁하게 개처럼. 내가
이러고 싶어서 이러고 사는 줄 알아? 이거 다 너 때문이
야. 너 아니었으면 직장이고 뭐고 벌써 때려치웠어. 내가
너 때문에 이러고 산다."

만열 … 거야, 술김에. 부모마음이 다 그렇죠. 자기보다는 자
식이 더 나은….

용진 아버진 서른두 해 전에, 절 만드셨죠. 그걸로 충분합니
다.

만열 (한숨) 이러니, 너만 보면 속이 더부룩해지고 머리가 아파
오고 얼굴에 먹장구름이 낀다고. 넌 도대체 꿈이 뭐냐?
(다시금 숨을 고르고) 내 꿈이 뭐냐고? 너 사람 만드는 겁니
다.

용진 그런 아버지 꿈은 뭐였습니까? 아버지도 저만한 때 꿈이
있었을 텐데요. (만열 흉내) 야, 이리 와봐. 이 자식아, 사
내자식이 왜 그렇게 기가 팍 죽어서 그래. (만열의 어깨를
두드리며) 넌, 꿈이 뭐냐? 너도 나만 할 때 꿈이 있었을 게
아니냐.

만열	기억나지 않습니다.
용진	원래 없었던 거지. 하긴… 태어날 때부터 꼰대였을 거야. 모태꼰대! 표정 좀 바꿔! (양볼 잡고 흔들며) 늘 똥마려운 것 같은 이 얼굴.
만열	(뿌리치며) 너만 보면 저절로 그렇게 돼! 소녀시대, 그런 애들 보면 나도 웃어. 너 같은 놈이 아니라, 그런 딸을 낳았어야 했는데.
용진	이제와 돌이킬 순 없는 일이지요.
만열	아아악~! 니 놈이 아버지였다면, 나보다 훨씬 잘 했을 것 같지? 자식새끼한테 말실수도 안 하고, 뭘 하든 오냐오냐 다 받아주고, 용돈 듬뿍 쥐어주며 사이좋게 히죽대고, 그랬을 것 같지!

만열, 갑자기 징징댄다.
만열은 아들 역할, 용진은 아버지 역할을 한다.

용진	왜 그래? 무슨 일 있어.
만열	으앙~ 아빠 나, 야구하다.
용진	다쳤어? (만열, 고개를 흔든다) 그럼 왜?
만열	창문이….
용진	창문?
만열	창문 유리가 깨졌어.
용진	난 또 뭐라구. 너만 안 다쳤으면 돼. 뚝! 유리창 깨지면 바람 길 나고 좋잖아. 아무 걱정 마.
만열	으앙~ 시험 죽 썼어!
용진	이런, 속상했겠구나. 그딴 거 신경 쓰지 마. 널 날 닮은

거야.

만열   씨, 담탱이가 아빠 얼굴 좀 보재.

용진   룰루루~.

만열   좆나 구려.

용진   그럼 딴 거 매면 되지.

만열   야호! 프리덤, 나 오토바이 사게 돈 좀 주라.

용진   미안한데. 다음 월급날까지만 기다려 줄래.

만열   에이, 씨이발 shit!!!

용진   오, 욕하니까 후련하지?

만열   음, 여친이 애 뱄어.

용진   음… 부모 나이가 어릴수록 아이가 똘똘하다더구나. 수고했다.

만열   나, 대학 안 가! 더 이상 공부하기 싫어.

용진   그러려무나. 인생의 길은 여러 갈래니까. 한 길을 버리면 또 다른 길이 열리지. 네가 하고 싶은 길을 꿋꿋이 가면 돼. (치어리어처럼) 우리아들 홧팅! 힘내라 힘!

만열, 주저앉는다.

용진   이런 이런. 아빠랑 술이나 한 잔 할까?

만열   (아버지로 돌아와서) 이런 이런?

용진   왜?

만열   세상에 그런 애비가 어딨냐?

용진   아버지가 바라는 그런 완벽한 아들도 이 세상엔 없어요.

만열   니가 뭐가 못나서 이러고 사는데?

용진   나 못났어. 그걸 아직도 몰라?

만열　니가 어디가 못났냐? 사지육신 멀쩡하지 대학 나왔겠다 공부도 제법 했잖아. 이 정도면 인물도 훤하고. 뭐가 부족해. 세상 어디에 내놔도 빠질 게 하나 없는데.

용진　빠지는 거 많아. 그러니 욕심을 버려.

만열　욕심?

용진　그냥 자식이 하고 싶은 대로 내버려 둬. 자식을 자기 뜻대로 하겠다는 건 부모의 이기적 욕심일 뿐이야. 집착이고 구속이라구.

만열　그건 본능이야… 너도 딱 너 같은 자식새끼 낳아 길러보면 내 심정이 어떤지 알 거다! 그때 니 새끼 내던지지나 마.

용진　걱정 마.

만열　….

용진　난 결혼도 안 하고 자식도 안 낳을 거니까.

만열　….

용진　세상에 기죽고, 상처 받으니 아예 시작하지 않는 편이 낫지.

만열　비겁한 놈. 그래서 이렇게 포기하겠단 거지.

용진　…. 포기하란 게 아니야. 인정하란 거야.

만열　뭘 인정해? 그 망할 놈의 노마아든가 뭔가? (주머니에서 작은 노트를 꺼내 읽는다) 특정한 가치와 삶의 방식에 얽매이지 않고 끊임없이 자신을 부정하면서 새로운 자아를 찾아가는 것을 의미하는 철학적 개념. 유목민적 삶! 이딴 걸 인정해?

용진　그건 아버지가 하도….

만열　개 풀 뜯어먹는 어쭙잖은 흰소리. 시덥잖은 말로 애비 입 막을 생각 말아.

용진 그런 삶도 가능하다는….

만열 이딴 거 쓴 놈들은 다 지 집에서 지 식구들이랑 배부르고 등 따시게 잘들 살아. 유목민들이 여기저기 떠돌며 살고 싶어서 그렇게 사는 줄 알아? 소, 양, 말들 뜯어 먹일 풀들이 없어지니까 풀 찾아서 딴 데로 옮겨다니는 거야. 허허벌판 떠도는 게 뭐 취미생활이냐구? 그렇게밖에 살 수 없으니까 그러고 사는 거라구. 넌 그렇게 살지 않아도 되는데 왜 이렇게 살아?

용진 난 이렇게 사는 게 좋아. 뭐 별로 필요한 것도 없구. 어느 하나에 매인 데 없이 사는 게 그냥 맘 편해.

만열 이 애비 생각은 안하냐? 하나 밖에 없는 자식이 아무런 일도 않구 혼자 산속에 틀어박혀서… 뭘 하고 뭘 먹고 어떻게 입는지 모르고… 그나마 있던 휴대폰까지 없애버리면….

용진 연락할 사람도, 연락올 데도 없으니까.

만열 죽었는지 살았는지도 모르면 어떻게 맘 편히 살 수 있겠냐?

용진 무소식이 희소식이야.

만열 무슨 일이 있어도 연락을 할 수나 있어?

용진 무슨 일이 있기나 해?

만열 ….

용진 안 그래?

만열 넌 애비가 걱정도 안 돼? 니 애미도 없는데 밥은 잘 먹는지 건강은 괜찮은지 뭐하고 사는지….

용진 혼자 잘 하잖아.

만열 … 이제 곧 겨울 와! 날 추워지면 어쩌려구 그래?

용진　무슨 방법이 생기겠지. 나 같은 거 그냥 없는 셈 쳐.

만열　전쟁터에 나가 죽은 것도 아니고 버젓이 살아있는 자식을 어떻게 없는 셈 칠 수가 있어?

용진　….

만열　… 내가 뭘 잘못했냐? 뭐가 맘에 안드는데? 도대체 뭐가 필요한데?

용진　그런 거 없어. 아버지 때문이 아니라고. 내 결정이고 내 선택이야.

만열　그래서 도대체 뭐가 되려고? 뭘 결정한 건데? 니 선택이 뭐냐구?

용진　꼭 뭐가 돼야 하나?… 좋아, 정 대답이 듣고 싶다면 (일어서서 멀리 보며) 건달.

만열　건다알?

용진　하늘 건(乾), 통달할 달(達), 건달(乾達).

　　　　신비스러운 음악이 흘러나온다.
　　　　용진, 건달행세를 한다.

용진　건달! 산스크리트어로 간달바. (Gandharva) 음악의 신, 수미산 남쪽 금강굴에서 사는 하늘나라의 신입니다. 간달바는 노래 부르고 춤을 추며 허공을 납니다. 술과 고기는 먹지 않고 음악과 향기를 먹고 삽니다. 향기와 음악은 모두 손으로 잡을 수 없는 것… 조선시대 양반들이 불교와 예술을 천대하면서 건달도 본래의 뜻과 다르게 비하되어 '하는 일 없이 노는 사람' 또는 '가진 것 없이 난봉을 부리고 돌아다니는 불량한 사람'이란 뜻이 됐어요. 그

러다 조폭, 양아치의 동의어로 쓰이게 되었지요. 세상이
신을 불량배로 바꿔 놓은 것이지요.

만열과 용진, 마주보고 합장한다.

만열   서른둘밖에 안 된 놈께서 세상 다 산 사람처럼 말씀하시
    는구려.

용진   사바세계에서는 쓸데없는 간섭을 이만 끊으시지요.

만열   사람이 어떻게 노래 향길 먹고 산다지요?

용진   비유라는 겁니다. 가볍게 살잔 뜻이지요.

만열   (불쑥) 내가 차 사줄까?

용진   차? 갑자기 무슨 차?

만열   너 옛날에 자동차 사달라고 난리 쳤었잖아. 군대 제대하
    자마잔가 죽겠다고 떼쓰고 강짜 부리던 거 기억 안나?

용진   그때야 철도 없었구… 좋아하던 여자애가 자동차 가진
    선배한테 가길래.

만열   그때 내가 차만 사줬더라면 지금 이러구 살진 않겠지?

용진   "차 없으면 기름값 올라도 열 안 받지, 세차하고 비 와도
    억울하지 않지, 이 보험 저 보험 비교하느라 골 아프지도
    않지. 사람들을 다치게 하거나 죽게 할 일도 없지, 맘껏
    술 마셔도 걱정할 필요 없지. 주차 때문에 싸울 필요도
    없다" 차 없으면 차 때문에 스트레스 받을 일도 없다며.

만열   그건 그때고….

용진   됐어. 그딴 거 이젠 필요 없어.

만열   아냐, 지금 당장 차 한 대 뽑아줄 테니까….

용진   집에 차 있어도 기름값 아깝다고 몰고 나가지도 않았잖

아. 휴일에 마트 장보는 거 빼곤. 그건 차가 아니라 마트 카트지.

만열   (간곡하게) 이 애비가 바라는 건 네가 뭐 위대한 사람이 되거나 대단하게 살라는 게 아니야. 그냥 남들처럼 평범하게 살면 돼. 그냥 보통사람처럼, 남들처럼만.

용진   보통? 남들처럼 사는 게 뭔데?

만열   그럭저럭 월급 주는 평범한 회사 다니면서 결혼도 하고 애도 나아서 알콩달콩. 열심히 일해서 상사한테 인정받고, 동료들한테 사랑받고, 부하 직원들에게 존경받고… 점심 먹고 휴식차 마시는 달달한 커피 한 잔, 쭉. 영업 나갔다 편의점에서 사먹는 맥주 한 캔, 카아… 회식 끝내고 얼큰하게 취해 길거리 리어카에서 파는 붕어빵 사다 주면 좋아라하는 토끼 같은 자식새끼 보면서 흐뭇해하고, 보너스 나오면 여우같은 마누라랑 갈빗집서 외식도 하고, 매달 조금씩 저축도 하고 주택 부금 부어, 월세에서 전세로, 전세에서 작은 집 한 칸 마련하는 그런 뿌듯함도 느껴보고, 가끔가다 바닷가에 가서 회 먹고 헤엄도 치고, 휴일엔 축구도 보고.

용진   축구 싫어.

만열   축구가 싫어? 그럼 야구… 지금 그 얘길 하는 게 아니잖아.

용진   싫다고.

만열   사람 사는 게 뭐 특별난 게 있는 줄 알아? 다 거기서 거기야.

용진   누가 특별나게 살고 싶대?

만열   이게 안 별나? 길 가는 사람을 붙잡고 물어봐라.

용진	왜 내가 잘 사는지 못 사는지를 길 가는 사람한테 물어봐? 길 가는 사람은 그냥 자기 가던 길 가게 냅둬.
만열	길 가는 사람들 눈에 넌 노숙자야, 알아?
용진	노숙자! 맞아. 길에서 잠자는 사람.
만열	친척들이 용진이 뭐하냐고 물으면 "걔, 노숙자로 삽니다" 그러랴?
용진	명절 아님 제사 때나, 잠깐 만나는 사람들 눈치 보느라, 내 뜻을 꺾으라고? 그리고 어차피 친척들, 다 나 유학 간 줄 알잖아.
만열	… 누가 그래?
용진	지지난 해, 아버지 폐암… 아니, 간암이었나? 몇 번이나 죽는다고 거짓말을 해서 이젠 뭐가 뭐였는지도 모르겠네. 여하튼 그때 당숙 만났잖아. "용진아, 너 미국에서 공부한다며. 얼굴이 많이 좋아졌다. 고기 많이 먹지?"
만열	거야 장손인데 제사 때 코빼기도 안 비치니까.
용진	"너는 끝까지 아버지 고생 시키는구나. 아버지가 너 유학 비용 대느냐고 얼마나 고생이 심하시겠냐."
만열	자꾸 보증을 서 달래서 이 말 저 말 꺼내다….
용진	싫다고 하면 되잖아. 왜 나를 팔아?
만열	그럼 누굴 팔아? 죽은 네 엄말 팔아? 넌 나 팔아먹은 적 한번도 없어? 그게 그렇게도 섭섭했어?
용진	그 얘길 하자는 게 아니잖아.
만열	네 섭섭만 섭섭이고 내 섭섭은 섭섭이 아니야?
용진	아버진 할 말 다 하고 살잖아.
만열	내가 언제?
용진	… 됐어.

만열	(넌지시) 너 진짜 유학 갈래? 너만 원하면 땡빚을 내서라도 보내줄게.
용진	더 이상 아무 것도 안 해줘도 된다니까.
만열	그럼 대체 뭘 원하는 거야? 자동차도 싫다, 유학도 싫다, 결혼도 싫다. 아이도 안 나을 거다. 이도 저도 다 싫으면 내가 뭘 어쩌라고.
용진	그냥 내버려두라고.
만열	내가… 너한테 뭐 대단한 걸 요구했냐? 일류대 가서 대기업 들어가고 그런 거는, 애초에 포기했어.
용진	알아.
만열	남들은 직장 갖고 결혼하고 아이도 낳았을 그럴 나이야.
용진	아버지, 이제라도 늦지 않았어. 차라리 다른 데서 아들을 만들어. 이번에는 나 같은 실패작 말고, 성공작으로 길러보라고.
만열	뭐?
용진	정 버거우면 입양을 하던지. 그래서 아버지 입맛에 맞는 자식 기르라고.
만열	이 자식이.
용진	난 애초에 아버지 소원대로 살긴 글러먹는 놈이야.
만열	강용진!
용진	이제 그만해! 지겹지도 않아.

만열, 낚시의자에 앉는다.

만열	보름 전에 김 상무 장례식장에 다녀왔다.
용진	….

만열 그치 나랑 동갑인데 간암이었다. 그 잘난 김 상무가 그렇게 허무하게 갈 줄 누가 알았겠어.

용진 ….

만열 나 지금까지 산 거 아무 후회 없어. 아버지로서, 남편으로서! 딱 하나, 이렇게 사는 널 두고 가는 게 마음에 걸려서 맘 편히 죽질 못하겠어.

용진 그놈의 죽는다는 소린 지겹지도 않아?

만열 … 곧 죽을 사람이 죽는단 소리 하는 게 뭐.

용진 그만해. 그딴 소린 더 이상 듣고 싶지 않아.

만열 밤에 혼자 누워 있으면 머릿속에서 사진첩이 펼쳐지는데, 가족사진들이 전부야. 니가 살아온 세월이 곧 내가 산 세월이야. 그런데 그렇게 길러놨더니 고작 ….

용진 다 지난 일이야.

만열 난 아직도 생생해.

용진 그래서 나보고 어쩌라고.

만열 내 할 얘기가 있다. 잘 들어. (노트를 집어 든다)

용진 고만 좀 해. 여지껏 얘기해놓고 또 무슨 얘길 하겠다는 거야?

만열 10분, 아니 5분만! 애비 유언이다.

용진 유언은 무슨… 듣기 싫어!

만열 장례식 다녀오고 담날에… (노트를 들추며) 늦기 전에 할 말을 해두려고. 죽은 사람 소원도 들어준다는데 산 사람 소원 하나 못 들어 주냐! 이 얘기만 하고 내려갈 거야.

용진 정말 이 얘기만 들어주면 내려갈 거지?

만열 그래… 들을 준비 됐냐? 그러니까 난 이미 죽은 거고, 니가 듣는 건 내 유언이다. 알겠지?

용진   어.

만열   이 애빈 죽은 거다. 알았지?

용진   알았다고.

만열   (목소리를 가다듬고 노트를 읽는다) 사랑하는 아들, 용진아. (센치하게) 내 나이 서른셋에 널 얻었다. 결혼한 지 오 년 만에. 떡두꺼비 같은 외동아들. 널 처음 봤을 때 얼굴이 불그죽죽한 게 꼭 한 잔 한 놈 같았다. 이놈이 어디서 왔나. 마냥 신기하기만 했지. 널 나한테 안겨주는데 난 실수로 널 떨어뜨릴까 쩔쩔맸다. 근데 네가, 네가 내 엄지손가락을 꼭 쥐더라. (엄지손가락 본다) 그리곤 날 빤히 올려다보는데 (용진을 본다. 용진은 시선 마주치자 피한다) 아, 내가 이젠 아빠구나 싶더구나… (하늘 보며) 용감할 용(勇), 나아갈 진(進). 용진(勇進), 용감하게 세상으로 나가라. 용진이 아빠 강만열, 나도 용감히 세상으로 나아가는 너의 든든한 버팀목이 되어주겠노라. … 부아가 치밀어도, 속이 끓어도 참아내며, 나도 아버지로 살기로 결심했지. (손가락을 들어 꼼지락거리며) 그래 그래 내 아들 용진아.

용진은 갑자기 무언가를 발견한 듯 조심스럽게 움직인다.
주변에서 막대기를 찾아들고 막대기를 앞으로 내밀며 무대 구석으로 조심스럽게 움직인다.

만열   뭐하는 거야? 사람이 얘길 하는데.

용진   쉿! 뱀.

만열   뱀!

만열, 낚시 의자로 올라선다.

용진, 막대기를 들고 가만가만 움직인다.

만열 용진아!

용진 (멀리 보며) 갔어.

만열 갔어?

용진 어.

만열 (주위 보며) 정말 간 거 확실하지?

용진, 휘파람 분다.

만열 그만해. 그럼 뱀 나온… (의자에서 내려오며) 내가 어디까지 읽었더라.

용진 (손을 쥐었다 펴며) 갓난쟁이가 무슨 생각이 있어서 손가락을 잡았을까. 그냥 앞에 있으니까 잡는 거야. 그게 누구 손가락이든 아무 상관도 없다고.

만열 (손가락 보며) 그딴 식으로 말하지 마.

용진 아버지나 이상한 의미 갖다 붙이지 마. 아버진 어쩌다 아버지가 됐고, 나는 어쩌다 아들이 된 거야.

만열 이 자식이…. (참는다)

용진 수억 마리 정자 중에서, 빨리 그리고 헤엄 잘 치는 놈들은 난자 막을 뚫느라 지쳐서 먼저 죽어버린대. 근데 뒤늦게 도착해서 누군가가 열심히 뚫어놓은 그 막에 무임승차하는 게 나 같은 놈이야. 무슨 올림픽에서처럼 능력 있고 잘난 놈이라서 되는 것도 아니고 운명의 계시나 필연도 아니야. 그저 어쩌다 운 좋게 생겨난 놈일 뿐이야.

만열	강용진! (다가간다)
용진	(외면한다) 그만 가라고! 왜 자꾸 찾아와 사람 속을 뒤집어. 왜 하고 싶지 않은 말까지 하게 만드느냐고. 그래, 나 같은 건 낙오자다, 밥벌레야! 매일매일 반성문 썼어. 나 이를 먹어갈수록 점점 더 불안해져. 불안하니까, 눈에 보이는 거라도 잡으려고 내가 딴 자격증들, 화투 패로 한 벌은 될 걸. 뭔가 손에 쥐고나면 잠깐은 괜찮아. 하지만 남들도 그 정돈 다 해. 그럼 또 뭔가 다른 걸 해야 돼. 나만 가만 있을 순 없으니까. 저스트 두 잇, 뭐든 할 수 있대. 모든 게 마음만 먹으면 가능한데. 못 하는 건 다 내 탓이야. 그래 내가 못난 탓이야… 다들 갑옷에 방패까지 갖췄는데 나만 알몸이야. 얼마나 많은 시간을 나 자신을 저주하고, 자학하며 지냈는 줄 알아?
만열	젊을 땐 누구나… 넌 아직 시간이 많아. 살 날 창창한 놈이 무슨 그런….
용진	시간이 지나면 달라져?… 이렇게 살지는 말아야겠는데… 어떻게 살아야 할지도 모르겠으니까 그냥 남들 뒤통수만 보고, 계속 올라가는 거야. 누가 만든 계단, 왜 올라가야 하는지도 알 수 없는 계단들을 줄지어서 꾸역꾸역.
만열	너만 그리고 산 거 아냐!
용진	왜 다들 그리고 살아야만 하는데?
만열	살다보면 조금씩 나아지고 그러는 거야.
용진	언제까지 그래야만 하냐고?
만열	살만큼 살아보고 나서….
용진	… 전엔 정말 내가 싫었어. 하지만 지금 난 이러고 있는

게 정말 좋아. 사는 게 조금씩 재밌어진다구.

만열 어떻게 살면서 재미만 봐? 이렇게 사는 게 무슨 의미가 있어? 그저 하루종일 할 일없이 빈둥빈둥 거리면서….

용진 꼭 의미가 있어야 돼? 그냥 살면 왜, 안되는 거야?… 그래, 아버지에 비하면 다들 게으르지. 노력도 부족하지. 인정할게! 매일 아침 5시면 일어나서 뒷산 올라 약수 떠오고 신문 전부 읽고 아침밥 먹자마자 출근. 주말도 공휴일도 없이 일 일 일!

만열 내가 언제 일만 했어. 주일엔 니 엄마랑 가끔 배드민턴 치러 가기도 했는데… 너랑 휴가도 갔잖아! 유럽여행.

용진 … 휴가? 그래. 유럽여행 갔었지. 그 잘난 스펙 쌓으려고.

만열과 용진, 유럽 배낭여행을 떠난다.

만열 (깃발을 휘두르며) 빨리! 빨리!

용진 (헐떡거리며) 좀만 쉬었다가.

만열 안돼! 얼른 박물관 구경하고 30분 뒤엔 에펠탑에 가야지.

용진 루브르 박물관을 어떻게 30분 만에 봐?

만열 25분! 화장실 갈 시간은 있어야지. (지도 펼치고 군사작전 짜듯) 자, 봐라. 모나리자, 비너스! 이거 두 개만 보면 되. 여기 이 표시 보이지. 최단거리는 이 경로다. 알겠나?

용진 딴 것들도 보고 싶은데.

만열 책으로 봐라. 아참, 사진! (카메라 주며) 사진은 박아둬야지. 여기 박물관이 잘 나오게, 알겠냐? (만열은 포즈를 취하

고 용진은 사진을 찍는다)

만열　자 너두. (만열은 용진을 세워서 사진을 찍는다) 그럼 목표물을 향해 전진!

만열이 앞장서고, 용진은 뒤따른다.
두 사람은 무대 돈다.

만열　목표물 발견. 모나리자! (모나리자 포즈를 취한다)

용진　이게 모나리자. 애걔, 이렇게 쪼그만 해. 생긴 것도 이상한데.

만열　그림 하날 뭘 그렇게 오래 봐. 다음 지점으로 이동.

무대를 빙빙 돈다.
만열, 객석에 들어가 비너스 자세를 취한다.

만열　이번엔 비너스.

용진　이게… 비너스 맞나?

만열　벗은 여잘, 뭘 그렇게 빤히 봐! 자, 다음 장소로 이동!

용진　파리를 반나절 만에 돌아보자는 게 말이 되냐고!

만열　사람이 마음만 먹으면 못 할 일이 없다.

용진　어디 한 군데 제대로 본 거나 있어? 사진 한 장 찍고 다시 이동. 우리가 무슨 인증 샷 찍으러 왔냐고.

만열　여행에서 남는 게 사진 밖에 더 있어. 자 빨리 다음 장소로 가자!

용진, 꼼짝하지 않는다.

만열	왜?
용진	좀 쉬자. 더 이상은 못 가겠어. 지친다구.
만열	젊은 놈이 걸핏하면 지쳤다. 쉬었다 가자. 이 애비 소싯 적엔 말이야.
용진	난 이런 여행 싫어.
만열	쓸데없는 소리. 남은 일정이 얼마나 많은데 여기서 멈출 수 없어. 어서 가자니까.
용진	….

용진, 꼼짝하지 않는다.

용진	예전엔 다이어리에 빼곡히 할 일들이 차있었어. 하고 싶 은 일이 아니라, 해야만 할 일들만 가득. 항상 쫓기듯 살 면서 늘 반성했어. 요즘은 어떤지 알아? 난 지나온 하루 하루를 즐겁게 적어. (한편을 가리키며) 저 꽃, 이름이 뭔지 알아?
만열	….
용진	거북꼬리. 진짜 닮았잖아. 그 옆엔 으아리.
만열	신선놀음하고 있네.
용진	어젯밤에는 달무리가 져서 아마 오늘 비가 올거야. 아침 엔 동쪽 하늘에 벚꽃 안개 같은 구름이 지나갔어. 산책나 갔다가 저 아래 샘 근처에서 낯선 깃털들을 발견했어… 한참을 들여다봤지. 이 새는 깃털들을 남기고, 어디로 갔 을까?
만열	그깟 꽃 이름, 구름, 새 깃털 따위가 너랑 무슨 상관인데! 무슨 쓸모가 있냐고… 니가 어린 애야? 사는 게 소꿉장

난이야?

용진　난, 이걸로 충분하다고.

만열　충분? (긴 한숨을 내쉬며 고개를 숙인다)

용진　어쨌든 헐레벌떡 남들 뒤를 쫓아다니는 거 더 이상 안할 거야. 남들이 정해준 기준에 떠밀려서 살지도 않을거구. 이제 세상에 아무런 불만도 없어.

만열　불만이 없는 놈이, 이러고 살아?

용진　이게 내가 찾은 답이라고.

만열　길 가는 사람 붙잡고 물어봐라. 이게 사는 건지.

용진　길 가는 사람들 자기 길 가게 내버려둬.

만열　상식에 비춰서….

용진　난 상식이 아니라, 내 식대로 살 거라고… 다른 사람은 몰라도, 아버진 날 알아주길 바랬어.

만열　뭐? 너 이러고 사는 거. (헛웃음) 왜? 내가 니 애비니까?

용진　….

만열　남이라면 니가 뭐하든 아무 상관 안 해. 그런데 네가 내 아들이니까, 내 유일한 핏줄이니까, 하나뿐인 가족이니 까… 죽었다 깨나도 이해 못하겠다고. 그래서 여기까지 찾아와서 이러고 있는 거고.

용진　차라리 죽은 셈 쳐.

만열　그게 자식새끼가 부모한테 할 소리야? 그럼 내 인생은 뭐가 되는데? 내 인생에 남기고 가는 건, 오직 너뿐인 데….

용진　아버진, 아버지 노릇 지겹지도 않아? 그저 정해진 대로 만 살아야 하는 게 답답하지 않아?

만열　아니. 넌 아들노릇 하기가 지겨웠냐? 그래서 이렇게 도망친 거냐?

용진   어릴 적 나한테 짜준 생활계획표 기억나?

알람 소리 들린다.
용진, 장난감 병정처럼 행동 재현한다.

용진   아침 7시 기상. 7시 30분 세면 및 아침식사 완료. 8시 30분까지 국민체조. 30분 휴식. 9시부터 12시까지 국 영 수 예습. 12시부터 12시 30분 점심 식사. 1시까지 휴식. 1시부터 4시까지 학원. 4시부터 6시까지 학원 숙제. 6시부터 7시까지 저녁 식사 및 휴식. 7시부터 9시까지 독서실. 9시부터 11시까지 독서 및 논술. 11시 30분 취침. 처음엔 그럭저럭 지켜졌지. 하지만 간혹 5분이나 10분 쯤 넘치거나 모자랐어. 그러다가 때론 아프고, 때론 일들이 생겼구. 도대체 제대로 지키질 못하게 돼버렸지. 지키지 못하는 날들이 차츰 늘어나고, 결국엔 자포자기하고, 계획표를 서랍에 넣었어. 그러다 보니 내 자신이 너무나 한심해지는 거야, 그딴 생각을 하고 싶지 않았어. 독서실 간다는 핑계로 나와서 친구랑 PC방을 들락거렸지. PC방 문이 열릴 때마다 보게 되는 거야. 어디선가 아버지가 나타날 것만 같았어. "강용진, 너 언제 사람답게 살래? 이 자식, 애비는 뼈 빠지게 일하고 있는데, 넌 공부할 시간에 여기서 게임이나 하고 있어? 잘 하는 짓이다."

만열   ….

용진   난 말이야 늘 죄책감에 시달렸어. 나란 인간은 뭔가? 왜 이 정도밖에 안 될까? 아버진 나 때문에 하기 싫은 일 하면서 죽도록 고생하는데… 아버진 모르겠지만, 난 아버지가 원하는 아들이 되려고 정말 최선을 다 했다고.

만열　최선?

용진　못 믿겠지? 그래, 난 늘 모자란 놈이었으니까.

만열　(결심한 듯 쏘아붙인다) 넌 비겁해. 그따위로 변명하지 마. 우리 솔직해지자. 아무리 그럴 듯한 말로 포장해도, 넌 도망자에, 낙오자, 패배자야. 되지 못하고 갖지 못하니까 필요 없다고 너 자신을 세뇌하고 있는 거야.

용진, 만열을 바라본다.

만열　니 친구들 중에도 두엇은 성공했지? 너 개들 보며 열등감 느끼잖아. 사실은 부러운데 갖질 못하니까, 그런 건 필요 없다, 가치가 없다! 니 실패를 정당화시킬 구실만 찾는 거야.

용진　함부로 말하지 마.

만열　여기 산 위에서 보면 저 아래 세상이 손바닥처럼 느껴지지? 사람들은 개미만하고. 세상이 아등바등, 그저 벌레들이 꼼지락거리는 것처럼 생각되지. 넌 그 안에서 얼마나 많은 사람들이 피땀 흘려가며 노력하고 있는지 알기나 해? 그렇게 살아나 보고 얘기하란 말이야.

용진　그만 좀 하자.

만열　세상이 주둥이로 만들어지는 줄 알아? 세상을 만든 건 입 다물고 묵묵히 자기 자리에서 노력하며 사는 사람들이라고.

용진　여기가 내 자리라고!

만열 누군 좋아서 버티고 견디는 줄 알아… 쫌만 힘들어두 못 하겠다, 어렵다, 힘들다. 억지로 들어가선 조건이 안 맞 는다고 그만두고, 맘에 안 맞는다고 그만두고, 회사가 비 전이 없다고 그만두고… 이리 핑계 저리 핑계.

용진 … 제발, 내 말 좀.

만열 (끊고) 주둥이만 나불나불 빈정빈정 이러쿵저러쿵. 남들 이 죽어라 뭔가 이뤄놓으면 트집부터 잡아대. 말론 뭘 못 해. 지들은 뭘 했다고?

만열, 텐트로 향한다.

만열 이따위 쥐구멍에서 뭘 하겠다는 거야. 여기 숨어 들어가 면 만사가 해결될 거 같아? (텐트를 잡아 흔든다)

용진 (말리며) 하지 마!

만열 이 쥐구멍만 없애면 세상으로 기어 나오겠지.

만열, 텐트를 부수려고 한다.
용진, 만열을 텐트에서 뜯어낸다.
하지만 만열은 다시 텐트로 달려든다.

용진 (붙잡는다) 이러지 말자고, 제발!

만열 누군 이러고 싶어서 이래?

용진 그만해, 그만하라고!

만열 뭘 그만해. 니놈 정신머리 뜯어고칠 때까지 난, 절대 그 만 못 둬.

용진 그만 좀 하라고!

용진, 만열을 밀친다.
만열 쓰러진다.
이때 천둥소리 들린다.

만열   김 상무 장례식장 마치고 동네에서 건강검진을 받았
        다… 내 말 듣고 있는 거냐? 며칠 전에 결과가 나왔어.
용진   ….
만열   암이란다.
용진   (얼굴 문지르며) 암… 그래.
만열   그래애?
용진   이번엔 어딘데?
만열   췌장.
용진   췌장?
만열   ….

        툭툭, 비가 떨어진다.
        만열과 용진, 하늘을 쳐다본다.
        용진, 만열의 배낭을 집어 들어 텐트 안에 넣는다.
        바깥에 널린 물건들을 정리한다.

용진   폐암, 위암, 간암. 이번이 네 번째네.
만열   ….
용진   처음 암이란 소릴 들었을 땐 정말 놀랐었지. 그리고 내가
        잘못해서 그런 건 아닌가, 아니 내 잘못이다. 근데 그게
        거짓말인걸 알았을 땐… 늑대다! 늑대가 나타났다. 양치
        기 소년이 아무리 외쳐도 아무도 도와주러 나타나지 않

았습니다.

만열 내가 오죽하면… 그렇게 돌아오라고 해도 넌 눈 하나 깜짝 안 하니까….

용진 그 소식을 듣고 집으로 달려갈 때 내 기분이 어땠는지 알아, 아냐고? 내가 몇 번이나 죽일 놈이 됐는 줄 아냐고?

만열 이번엔 진짜야.

용진 그래.

만열 길어야 한 달이랬어.

용진 됐으니까 일단 텐트에 들어가.

만열 … 뭐가 됐는데?

용진 비부터 피해야지.

만열 내가 죽게 생겼다니까.

용진 그래서, 나보고 뭘 어쩌라고. 설사 사실이라도 내가 뭘 어쩌겠어. 난 의사도 아니야, 신도 아니야. 고집 부리지 말고 어서 들어가.

만열, 용진에게 달려든다.
만열과 용진, 격하게 싸운다.

용진 놔! 놓으라고!… 지난번처럼 어디에 날 가둬봤자 아무 소용도 없을 거야. 기도원이고 정신병원이고.… 도대체 나한테 뭘 바라는데! 날 좀 가만 내버려두라고!

용진 그래, 쉽게 굽힐 수 있었다면, 그때 기도원에서 꺾였을 거야.

만열 … 속 편히 죽기도 글렀어. (사이)

만열과 용진, 하늘을 쳐다본다.
암전과 함께 빗소리 거세진다.
불이 켜지면 물방울 떨어지는 소리 들린다.
조명이 서서히 밝아진다.
새소리도 들린다.
하늘이 맑게 개였다.
만열이 의자에 앉아 무언가를 쓰고 있다.
내용을 살피고는 봉투를 찾아서 넣는다.
그리고 배낭을 정리한다.
텐트가 들썩거린다.

용진   아, 미치겠네. 아버지~!
만열   (텐트 쪽을 바라보며) 일어났냐?
용진   이게 뭐야? 언제 이런 거야?
만열   너 잠든 사이에 내가 손 좀 봤다.

만열, 텐트 안으로 들어간다.
텐트, 부스럭거린다.
만열, 줄을 끌고 나온다.
줄, 팽팽하게 당겨진다.

만열   괜히 힘 빼지 마.

만열, 줄을 잡아당긴다. 용진, 끌려나온다.
만열, 의자에 용진을 앉힌다.

만열	내 말 들으면 풀어줄게.
용진	아, 돌아버리겠네.
만열	나도 마찬가지야.
용진	어서 풀어줘. 좀 풀어.
만열	안돼. 말로는 안 되고, 힘으로도 못 이기니까.
용진	여기서 이러지 말고 어서 병원에나 가봐.
만열	소용없어. 병원이야, 이제 죽으러나 가는 데지.
용진	이것 좀 풀어.
만열	… 나, 죽는다고.
용진	나도 속상해. 그런데 나 보고 어쩌라고!
만열	지독한 새끼.
용진	누굴 닮았는데.
만열	마지막 가는 길이라도 맘 좀 편하게 해주면 안 되겠냐?
용진	병원엔 같이 가 줄게.
만열	너, 내 인생의 짐, 맞아. 그런데 말이다. 그 짐이 날 땅바닥에 발 딛게 하고, 살게 했어. 네 키가 나보다 커지고, 현관에 놓인 네놈 신발 커지는 걸 보고 시간 흐르는 걸 알고, 너 공부 잘 하면 뿌듯하고, 너 속상하면 나도 애 끓이고, 너 사는 걸 보면서 나도 살았지. 니가 내 사는 보람이었지. 니 말마따나 그게 욕심이었고.
용진	지금, 무슨 소릴 하는 거야.
만열	(통장 꺼낸다) 이거 집 판 돈이랑 네 앞으로 든 적금이다.
용진	… 됐어.
만열	유산이야.
용진	… 됐다니까!
만열	자식들 하고 함께 동반자살하는 부모들, 예전엔 이해가

안 갔는데, 이제는 알 것 같아. 그 부모들이 왜 그랬는지. 부모 없이 남아있을 자식들이 눈에 밟혀 차마 그냥 두고 가질 못한 거야.

용진　무슨 소릴 하는 거야?

만열　내 남은 소원이 딱 두 개였다, 하난 자다가 죽는 거, 나머지 하나는 너 사람답게 사는 모습 보는 거.

용진　아직 시간 있잖아. 병원에 가서.

만열　니 말대로, 니가 내 병을 고쳐줄 수도 없고. 내가 언제까지나 널 보살필 수 있는 것도 아니니 방법을 강구해야지. 마지막으로 애비로서 할 몫은 다 해야겠다.

용진　….

만열　언제 죽는지 아니까 좋네. 마무리도 할 수 있고. 이건 내 유서다. 이건 내 휴대전화. (칼도 내려놓는다) 이걸론 나중에 밧줄 풀면 되.

용진　… 지금 뭐하자는 거야?

만열　뿌린 대로 거둬야지… 나, 고민 많이 했다. 어떻게 남은 시간에 널 돌려놓을 수 있을까.

　　　만열, 약을 꺼낸다.
　　　용진. 만열을 본다.

용진　(일어나며) … 지금 뭐하자는 거야!

만열　이게 이 애비가 너에게 줄 수 있는 마지막 선물이다.

용진　그게 뭐야?… 그러지 마, 아버지. 그만 두라고!

만열　똑똑히 봐둬. 가슴에 새기란 말이야. (약을 삼킨다)

용진　안돼! 그거 뱉어!

만열   눈 감지 말고 똑바로 봐.

만열, 고통스러워하며 쓰러진다.

용진, 몸부림친다.

용진   하지 마, 하지 말라고.

만열은 만열대로, 용진은 용진대로 괴로워한다.

어두워진다.

어둠 속에서 지하철 도착 안내 방송 소리 들린다.

천천히 안전선 조명이 들어오면 양복차림의 용진이 서류가방을 들고 급하게 뛰어 들어온다.

용진, 지하철을 기다리며 서성인다.

축 처진 어깨로 졸린 눈을 비비며 하품을 한다.

등산복 차림의 만열, 배낭을 짊어지고 등장한다.

만열은 뒤에서 용진의 어깨를 쫙 펴준다.

용진의 자세를 다듬어 준다.

지하철 도착하는 소리가 들린다.

용진, 지하철 안전라인 앞에 선다.

만열, 그 곁에 선다.

고개를 떨구는 용진.

지하철 문이 열리는 소리.

만열, 용진의 손가락을 꼭 쥐고 잡아끈다.

자기도 모르게 손이 끌려가는 걸 느끼고 고개를 든다.

조명이 서서히 어두워진다.

누가살던방

등장인물　최순임 40대 부동산 중개인, 이민영 20대, 박준석 30대, 영희 40대 트랜스젠더, 세윤 30대 크로스 드레서, 도우미 30대, 송언주 20대 사법시험 준비생, 정호림 30대 시인, 이규진 50대, 이규만 40대, 김익섭 40대 치킨 집 남자, 안설찬 20대 초반 중개인의 아들, 김봉주 20대 초반 치킨 집 딸

장소　　반지하방 : 지어진 지 20년이 된 집으로 허름하다. 무대 가운데는 거실이고 왼편에는 큰방, 오른편에는 작은방이 자리 잡았다. 방들은 무대에 나타나지 않고 문으로만 표현된다. 현관 옆에는 화장실이 붙어 있다. 관객석 쪽은 큰 창이 나 있고, 창밖으로는 산이 보인다.

때　　　현대, 봄부터 겨울까지
　　　　　프롤로그 겨울

프롤로그

철제 계단 밟는 소리가 들린다.

봉주 (목소리) 야, 완전 깜깜해.
설찬 (목소리) 등이 나갔네. 그러게 저 아래 카페에서.
봉주 (목소리) 빈집이 좋잖아. 조용하고 깜깜한 게.

봉주의 비명소리 이어진다.

준석 (목소리) 왜 그래?
봉주 (목소리) 아, 씨, 계단, 발에 뭐가 걸렸어.
설찬 (목소리) 뭐? … 세발자전거네.
봉주 (목소리) 웬 세발자전거.
설찬 (목소리) 전에 살던 사람이 놓고 갔나봐.

봉주, 낑낑거린다.

설찬 (목소리) 어디 다쳤어?
봉주 (목소리) 설찬아, 누나 피… 피!

설찬, 헐레벌떡 안으로 들어온다.
불을 켜면 코를 싸쥔 봉주, 들어온다.

봉주   내 코, 내 코 어떻게.

설찬   (가방을 열고 뒤진다) 휴지, 휴질 어디 뒀지? 학원 화장실에
서. (두루마리 휴지 꺼낸다)

봉주   (가방에서 물건 주섬주섬 꺼낸다) 얼굴 망가졌으면 어떻게!
배운 얼굴이 생명인데. (거울 꺼낸다) 아, 피 좆나 흐른다.

설찬   (코 막아주며) 고개 뒤로 젖혀.

봉주   오디션이 낼 모레란 말이야. 나, 이번에도 떨어지면.

설찬   (의상 가리키며) 또, 행사 도우미?

봉주   그건 알바. 이번에 진짜 오디션. 로미오와 줄리엣.

설찬   유모?

봉주   야! (거울 보고) 수술하고 붓기 빠진 지 얼마 됐다고. 아,
좆나.

설찬   봉주야, 그 좆 좀.

봉주   알았어. 아~ (말 멈추고 거울 본다) 설찬아, 내 코 어때? 야
맨 거 티나?

설찬   아니. (주머니에서 단어장 꺼낸다. 중얼중얼 영어 단어 외운다)

봉주   우리 꼰대 완전 짠돌. 치킨 팔아 번 돈 딸 얼굴에 투자 좀
하라는데 부모가 자식 얼굴에 책임을 져야지.

설찬   (영어문장 중얼중얼)

봉주   꼭 공부 못하는 애들이 소풍가서 교과서 보고….

설찬   나, 이번에 떨어지면.

봉주   (책 뺏으며) 설찬아, (눈 들여다보며) 까놓고 말해보자. 우린
공부 텄잖아.

설찬   알아, 세상사람 모두 아는데 우리 엄마만 몰라.

봉주   아줌마도 공인중개사 시험 일곱 번 떨어졌다며.

설찬   너… 그거 어떻게 알았어. 우리 엄마가 절대 비밀로 하라고.

봉주   이 세상에 비밀이 어딨냐? (바짝 붙어 앉는다)

설찬   왜 이래. 닭살스럽게.

봉주   춥잖아. 설찬아, 누나 코가 시리다.

설찬   (슬그머니 손떼며) 빈집이잖아. 우리 엄마 말론 이 집 계속 안 나갈 거래.

봉주   그럼, 우리 둘이 여기 숨어 살까?

설찬   나, 우리 엄마한테 효도해야 돼. 혼자서 나 키우느냐고.

봉주   나랑 사귀는 게 불효냐? 우리 아빠도 나, 혼자 키웠잖아, 떠나주는 게 효도지.

설찬   (짐 꾸린다) 이럴 시간에 영어 단어 하나라도.

봉주   (토라졌다) 그럼, 너 혼자 가. 난, 밤새도록 여기 혼자 있을 거니까.

설찬   야.

봉주   가! 가라니까. (두루마리 휴지 던지며) 안 가면 죽어!

설찬, 눈치 보면서 머뭇거리다 봉주, 구시렁대는 사이에 살짝 나간다.

봉주   (구시렁대며) 맨날 대학 붙으면, 영화관 가자. 대학 붙으면 바다 보자. 그럼, 대학 안 가는 나 같은 앤 평생 뽀뽀도 못하겠네. 칫, 칫, 칫, 완전 치사.

조명 낮아지고, 바람 소리, 크게 들린다.

봉주 (멈칫) 설찬아. 설찬아!

설찬 (바로 들어오며) 왜? 또 무슨.

봉주 (설찬에게 가며) 너도 들었지?

설찬 뭘?

봉주 사람 목소리. 누굴 막 애타게 부르는.

설찬 봉주, 네 목소리만 들리던데.

봉주 내 목소리만? (해해거리며 팔짱낀다) 야, 안설찬, 우리 바람
속을 달리는 거야. 좆나 밟는 거야. 우리 아빠 배달 오토
바이 째벼서.

설찬 야, 김봉주!

둘이 퇴장한다.
무대, 조금 어두워지면 도우미 들어와 방을 정리하고 나간다.

중개인 (목소리, 열쇠 돌리는 소리) 빈 집이라. 구경하기 좋을 거예요.

중개인, 방에 들어선다.
준석과 민영이 뒤따라 들어온다.
민영은 현관에 서서 집을 둘러본다.

중개인 전화해서 약속 안 잡아도 되고 눈치 볼 것도 없고.

준석 보증금 오백에 월세 사십이라고 하셨죠.

중개인 네. 그 가격에 이런 물건 어디서 구해.

민영 (기침을 하며) 먼지가 왜 이렇게 많아.

중개인   (민영에게) 이사 나간 지 오래 돼서.

준석   (창으로 가며) 계약하면 당장 이사와도 된다고 하셨죠?

중개인   (준석 쪽으로 가며) 그럼. 먼저 들어오는 사람이 임자라니까.

준석   (창 내다보며) 밖이 내다보이네요. 풍경 좋다. 탁 트인 게.

중개인   원랜 단독이었는데 주변에 집이 들어차서 입구 쪽은 반지하, 이쪽은 지상. 그러니까 3분의 1 반지하.

민영   여기 눌어붙은 자국이 있네요. (기침한다)

중개인   (와서 보고) 냄비 자국이네. 장판이야 새로 깔면 되지, 먼지야 쓸어내면 되고. 그런 거 말고 집을 쭉 보라니까.

준석   민영아, 저기 산도 보인다. 와서 봐봐. (민영도 창 쪽으로 간다)

중개인   정남향이야. 정오엔 햇살이 저기 현관까지 쫙 들어와. 다른 반지한 빨래 말리기가 영 그렇잖아. 여긴 거실에 건조대 놓으면 빨래도 보송보송하게 마르고….

준석   우리, 주말에 저기로 산책가면 좋겠다.

민영   산책? 집에 오는 길이 등산코슨데. (중개인 들으라는 투로) 지하철에서 도보 20분? 누가 축지법 쓴대?

준석   대신 산 아래라 조용하잖아. 공기도 맑고….

중개인   저 아래 사무실 있다가 이 위로 올라오면 딴 세상이야. 도심 속의 전원주택. 저기 마당에 상추 심어도 돼. 바람에선 솔 냄새 풍기지. 까치 소리에 잠 깨지, 꿩 소리도 들리고, 저 산에 청설모, 고라니, 너구리도 산다니까.

민영   멧돼진 안 산대요?

중개인   멧돼지?

민영   준석 씨, 뉴스 못 봤어? 산에서 멧돼지가 내려와서….

준석　　　민영아.

중개인　　저기 신랑, 방은 안 봐?

중개인, 안방으로 간다. 문을 연다.
준석, 주머니에서 줄자를 꺼내 들어가고, 중개인 따라 들어간다.

준석　　　(목소리) 작은 방치곤 넓네요.

중개인　　(목소리) 아니, 안방인데.

준석　　　(목소리) 벽에 곰팡이가.

중개인　　(목소리) 겨울이라 문 닫아 놨으니까. 앞으로 환기 잘 시키고 그럼 괜찮아. 집이야 사는 사람이 누구냐에 따라 달라진다니까.

준석　　　(목소리) 민영아, 이쪽 벽에다 장롱 붙이면 되겠다.

민영　　　누가 요즘에 장롱을 사? 다들 붙박이장 달지.

중개인　　전에 살던 사람들 보니까 봉으로 옷걸일 만들었더라고. 그런 게 다 살림의 지혜지. 좁은 공간을 효율적으로 쓰는.

민영　　　궁상, 궁상.

민영, 작은 방 문을 열다가 비명을 지르며 나온다.

준석　　　(방에서 뛰쳐나와) 왜 그래?

민영　　　저 방에, 저 방에 바퀴벌레가 바글바글해. 벽이랑 바닥에 까맣게.

준석　　　바퀴벌레? (들여다보며 불을 켠다) 없는데.

민영　　　불 켜니까 달아났지.

중개인	벌레 안 키우는 집이 어디 있나. 연막탄 한 번 터뜨리면 싹 기어 나와.
준석	(목소리) 여기, 아기 방으로 쓰면 되겠다.
민영	바퀴벌레랑 앨 같이 키우자고?

준석, 방에서 나온다. 주머니에서 줄자 꺼낸다.

준석	민영아, 거기 끝 좀 잡아봐.
민영	뭐 하러?
준석	거실 너빌 재야지. 그래야 가구도 들어놓고.
민영	(줄자 끝 잡으며) 이런 손바닥만 한 델 재긴 뭘 재.
준석	여긴 소파 놓고.
민영	내가 찜해둔, 버팔로 가죽 소판 어떻게 하고.
중개인	집을 가구에 맞추나, 가구를 집에 맞춰서.

민영, 줄자, 탁, 놓는다.
준석, 아프다.

민영	준석 씨, 나랑 잠깐 얘기 좀 해.
준석	왜, 또.

민영의 손짓에 준석, 구석으로 간다.

민영	준석 씨, 나가자. 나, 이 집 싫어.
준석	또, 어딜 가자고. 결혼식 이 주 남았어. 서울 시내 다 돌아다녔잖아.

민영	지난주에 본 마포 오피스텔, 거기로 하자. 지하철역이랑 가깝고 신축이라 깔끔하고.
준석	거긴 이천에 육십… (말 돌린다) 민영아, 새집증후군 몰라… 머리 어지럽고 아이들 아토피도 심하구….
민영	그럼 여긴, 바퀴벌레가 득실거리고 곰팡이 피는 이런 데서 애를 키우자고?
준석	난 원룸이 싫어. 서울 올라와서 방에선 질리게 살아봤어. 하숙방에 고시원에, 옥탑방. 결혼하면 방이 아니라, 집에서 살고 싶다고.
민영	난, 이 동네 무서워. 보안등도 깨졌고 골목길에 인적도 없잖아.
중개인	개가 있잖아. 집집마다 개 키워. 골목 지나가면 개들이 파도타기 하듯 짖을 텐데.
준석	방범창 달고 보조키 달면 되잖아.
민영	아줌마. 이 집 몇 명이나 보러 왔어요? 다들 별루라고 했죠?
중개인	… 아니 그게.
민영	(준석에게) 남들도 싫다는 집에, 우리가 왜 살아? 물론 가진 돈 뻔하니 어쩔 수 없지만 왜 하필 여기냐는 거야. (손가락질하며) 저 봐 천장에. 저거 거미줄이지? 귀신의 집도 아니고.
중개인	장판 깔고 벽지 새로 하고 청소 깨끗하게 하면 새집이라니까.
민영	차라리 개집을 리모델링하지.
준석	말 조심해.
중개인	집이나 사람이나 다 짝이 있다니까. 둘이 궁합이 맞아야.

민영　아줌마는 좀….

중개인　(머뭇거리며) 그럼, 둘이 의논하고, 난….

중개인, 화장실로 들어간다.

민영　마포 오피스텔로 하자. 응?

준석　돈은 어쩌고. 나, 형한테 보증금도 겨우 빌렸어. 형수가 현관까지 국자 들고 따라왔다니까.

민영　그럼, 우리 아빠한테.

준석　그건 싫다고 했잖아.

민영　준석 씨가 아니라, 나한테 빌려주는 거라니까.

준석　집은 어떻게든 내가 그럼. 천오백은 대출 받자. (전단지 건네주며) 나, 학교에서 교직원 융자 받으면 된다니까. 이자가 4프로고 상환 기한이….

민영　우리 월급으론 남들처럼 살기도 빠듯해. 근데 이자까지 내자고?

준석　그럼, 나보고 어떻게 하라고?

민영　준석 씬, 처가살이 불편하겠지. 그치만 생활비랑 집세 아끼잖아. 그 돈 모아서 우리 집 사면.

준석　너랑 나랑 둘이 모아도 너, 지금 사는 도곡동 아파트. 그런 거 못 사. 너, 나랑 살려면 이런 데 익숙해져야 해. 내 처지엔 이 집도 대단해 보인다고.

민영　… 난, 죽어도 이런 집에선 못 살아.

준석　남들은 이런 집도 감지덕지야.

민영　왜 애써서 이런 집에서 살겠다고. 멀쩡한 집 놔두고.

준석　너, 내 사정 빤히 알면서.

민영　난 이 집이 싫다구!

준석　그래, 네 눈엔 이 집 초라해 보이겠지. 하지만 어쩌겠어. 이게 난데. 이게 내 최선인데. 나라고 널 좋은 집에서 살게 하기 싫겠어?

민영　준석 씨.

준석　됐어.

민영, 화장실로 간다.
준석, 창으로 간다. 문을 두드리자 중개인 허겁지겁 나온다.

중개인　물이 안 내려가네. (준석에게) 신랑, 결정 봤어?

준석, 고개를 젓는다.

중개인　(다가가서) 왜? 집이 마음에 든다며? 산도 보이고 좋잖아.

준석　좋네요. (창으로 가서) 저 산꼭대기에서 내려다보면, 이런 집은 참 초라해 보이겠죠.

중개인　아이고 산에서 보면 집들이 다 고만고만하지. 사람은 보이지도 않아.

민영의 비명소리, 들린다.

준석　(문고리를 잡고 흔들며) 민영아, 왜 그래! 문 좀 열어 봐. 아줌마, 열쇠, 열쇠요.

중개인, 열쇠를 찾는데 없다.

준석이 문 부수려는 찰나, 문이 열고 나온 민영이 준석에게 푹, 안긴다.

준석 민영아, 민영아.

민영 준석 씨. 저기 화장실 거울 속에 서 있었어, 여자가.

준석 여자?

민영 여자가, 거울 속에서 날 보고, 막 우는 거야. 시뻘건 얼굴로.

중개인 (화장실 들어갔다 나온다) 아니, 빈집에 누가 있다고. 아가씨가 거울 보고 우니까 거울 속 여자가 따라 우는 거고.

민영 (흥분해서) 아줌마, 내가 내 얼굴도 못 알아보겠어요.

중개인 그냥 싫으면 그냥 싫다고 하지. 멧돼지에다 귀신까지.

민영 (일어서며) 아줌마. 중개수수료 몇 푼 땜에 귀곡 산장 같은 델 집이라고 소개시켜주면 안 되지. 양심이 있으면.

중개인 양심? 나야 가진 돈에 맞는 집을 소개시켜준 거야.

민영 준석 씨, 더 이상 여기 못 있겠어!

중개인 늦장 부리면 딴 사람이 채갈지도 모르는데.

민영 뭐해, 여기서 나가자니까.

준석 민영아. 진정하고 한번만 더 생각해봐. 우리 여기서 조금만 고생하면.

민영 무슨 고생? 준석 씨 알량한 자존심 때문에 나까지 고생하라고?

준석 뭐.

민영 여자들은 남자 집에 들어가서 살잖아. 준석 씨가 우리 집에 들어와서 사는 건 왜 안되는데. 서로 사정 봐가며 돕는 거잖아. 우리 엄마 아빠, 준석 씰 아들처럼 대한댔어.

준석 민영아, 거긴 너희 부모님 집이고, 우리 집은.

민영 나, 준석 씨, 이렇게 앞뒤로 꽉꽉 막힌 사람인지 몰랐어.

준석 너, 날 알잖아. 우린 서로 사랑하고.

민영 좋아, 사랑 근데 (방 둘러보며) 이게 현실인 거야. 두 평 짜리. 허름한 방.

준석, 나가는 민영을 바라본다.

중개인 저기… 내가 담에는 도우미 아줌마 불러서 청소도 싹 해놓을 테니까.

준석, 나간다.

중개인 아, 도대체 뭘 봤다는 거야.

중개인, 화장실로 들어간 사이에 치킨 집 남자가 헬멧을 쓰고 봉지를 들고 나타난다.

치킨집 순임 씨. 순임 씨~

중개인 (나오며) 어머, 익섭 씨 여긴 왜.

치킨집 배달 나왔다가 불 켜진 거 보고.

중개인 배달요? 봉준?

치킨집 오디션 연습 한다고 요즘 얼굴 보기도 힘들어요.

중개인 (비닐봉지 가리키며) 그럼, 빨리 배달가야지. 치킨 다 식겠네.

치킨집 저기, 그게.

중개인   에이, 일부러 찾아왔구나. 나 보고 싶어서.

치킨집   저기, 집에서 나간 사람들… 계약한대요?

중개인   또 헛수고했네요. 집은 안 보고 드라마만 찍다 갔어. 별 이상한 트집까지 잡고… 귀신이 나온대요. 씨알도 안 먹힐….

치킨집   맥주 마실 거죠?

중개인   가게 비워둬도 괜찮아요?

치킨집   셔터 아예 내렸어요. 저기, 나 영화티켓 생겼는데, 내일 시간 괜찮아요?

중개인   뭐 스케줄 봐서….

치킨집   (다리 하나 건네준다) 아~

중개인   아휴, 저녁마다 치킨을 먹어서, (배를 만지며) 이봐요.

치킨집   뭘요… 그걸 뭐랬더라, 러브 핸들… (한번 잡아보려는 시늉)

중개인   (슬쩍 뿌리치며) 아유, 이 방 땜에 속 타 죽겠어요.

치킨집   난, 계속 안 나갔으면 좋겠는데, 그래야 순임 씨랑 단둘이.

중개인   필리핀에서 전화가 계속 와요. 집주인이 월세 보내라고 자기야 재개발 될 줄 알고 샀는데, 재개발은 물 건너가고, 매일 짓고 부수고, 있던 집 고쳐가며 살 생각은 안 하고. 근데 익섭 씨, 이 집 진 지 삼십 년 됐다는데 아직 괜찮지 않아요? 임자만 잘 만나면 앞으로 몇 년은 더. (술, 홀짝)

치킨집   저기… 순임 씨. 언제 대답해 줄 거예요.

중개인   근데 익섭 씨 일단 우리 설찬이 대학 붙고.

치킨집   이번엔 붙을 수 있대요?

중개인   설찬이 개가 마음씬 비단결인데… 공부는… 날 닮았으면 안 그랬을 텐데.

치킨집 그때 설찬이가 닭강정 만들었는데 솜씨가 제법이더라구요. 요리에 관심이.

중개인 지 아빨 닮았으면… 그 사람, 식당 열고 고생하다 쓰러졌어요. 난요, 설찬이 아빠 제사 때마다 맹세했어요. 우리 설찬이 만큼은 꼭 공부 열심히 시켜 손에 물 안 묻히고 살게 할게.

치킨집 애가 성실해서 뭘 해도… 우리, 봉주가 문제죠.

중개인 봉주가 어때서요?

치킨집 어릴 적에 텔레비전을 너무 많이 봤어요. 애 엄마도 없고, 나도 바쁘니까, 텔레비전만 보여줬더니… 걔가 텔레비전에 나오고 싶어 하더라고요.

중개인 대로변 신장개업한 핸드폰집 앞에서 이상한 옷 입고 춤을 추던 게 봉주, 맞죠? (살짝 흉내)

치킨집 오디션을 보러 다닌다는데… 자꾸 미끄러지니.

중개인 설찬이도, 봉주도 미역국만 마시니. 에고, 바람이 차네.

치킨집 (일어서며) 창문 닫을까요?

중개인 산 보기 좋죠. 지금은 낙엽도 지고 쓸쓸해 뵈지만, 봄에 꽃피면 참, 고와요. 옛날에 한 번은 저 꽃 좋아서 여기 살겠단 사람도 있었는데.

치킨집 꽃한테 반한 모양이네.

중개인 풍경도 방의 일부니까. 조망권. 한강 보이는 아파트들이 왜 비싼데요.

치킨집 나도 내년 봄엔 순임 씨랑, 여기 나란히 누워 꽃구경이나 했음 좋겠네.

중개인 (살짝 밀치며) 칼칼한 국물에 소주 한 잔 했음 좋겠다.

치킨집　우리, 그럼, 포장마차 갈래요?
중개인　나, 닭똥집도 먹고 싶은데.

치킨집, 중개인 나간다.
도우미, 등장해서 정리한다.

2장. 봄

가방을 들고 모자를 눌러 쓴 영희, 방으로 들어온다.
창 쪽에 분홍색 꽃들 어른거린다.

영희   동네, 참 한갓지네. 조용하고. (창으로 가서) 산엔 꽃, 핑크
빛 만발했네.

영희, 재봉틀 앞에 앉아 옷을 만들며 노래 부른다.
문을 두드리는 소리가 들린다.

영희   누구세요?
세윤   어, 마담, 나야.
영희   (일어서며) … 세윤이?

영희 황급히 일어난다.
머리랑 옷매무새를 가다듬으며 문으로 간다.

영희   (반가움 감추며) 웬일이야, 이렇게 늦게. (문을 열어준다)

양복 차림의 세윤, 포장지로 감싼 거울을 앞세우고 들어온다.

영희, 자신의 달라진 모습을 감춘다.

세윤　(거울 내밀며) 집들이 선물.

영희　자기랑 나 사이에 무슨.

세윤　이사도 못 도와주고 미안해서 그러지. 뭐해? 팔 떨어지
　　　　겠다.

영희　얼굴 봤으면 됐어. (슬며시) 뭔데?

세윤　심플 앤 큐트로.

영희　… 나, 이제 거울 필요 없는데. (재봉틀 앞에 앉는다)

세윤　(들어서며) 좀 꾸며놓고 살지. 마담답지 않게. 이거 어디다
　　　　달까?

영희　(바느질하며) 이사한 지 두 달하고 사흘이나 지났어. 전환
　　　　먹통이고.

세윤　(벽으로 간다) 벽에 못 박힌 자리가 있을 텐데.

영희　(창 보며) 저 산에 꽃도 다 졌고. (혼잣말처럼) 자기랑 같이
　　　　보고 싶었는데.

세윤　여기다 걸까? (거울을 건다)

영희　저기, 작은 방에 자기 옷 있으니까 갈아입어.

세윤　내 옷?

영희　버리질 못하니까.

세윤　(목소리) 어, 이 빨간 원피슨 뭐야? 나 주려고 만든 거야?
　　　　역시 엘레강스. 나, 입어 봐도 돼?

영희　술 먹고 전화한 건 기억나?

세윤　… 하긴 어제 꽐라 됐다. 컬러도 딱이네. 마담은 얼굴이
　　　　거무튀튀해서 빨강 안 받잖아.

영희　빨강은 자기 컬러지. 난 핑크잖아.

세윤   옷가게 일은 할만 해?

영희   때려쳤어.

사이.

세윤   왜?

영희   주인이 눈치챘다.

세윤   잘렸어?

영희   가게에 자주 오는 택배기사가 내가 웃으니까 고갤 확 돌려. 자긴 그런 사람 아니래. 그래서 말해줬지. 맥은 치마만 두르면 다 좋아해요? 나도 바지만 입었다고 무조건 좋은 거 아니거든.

세윤   그래서 그만둔 거야.

영희   못 참게 만들잖아. 여자 화장실에 가면 나가래. 남자 화장실 가면 쳐다봐. 오줌 한 번 싸려면 지하도 빠져나와 백화점까지 갔어. 눈 오는 날, 변기에 앉아 있는데 그런 생각이 들더라. 내가 나인 게 죄라면, 나는 내가 아니어야 하나.

세윤   그게 노래가사잖아. 그래 앞으론 어떻게 살게.

영희   이태원에 새로 오픈한 빠 있어. 자기도 알잖아, 짝눈 언니.

세윤   짝눈 언니? 왼쪽 오른쪽 딴 병원에서 쌍꺼풀 수술을 받은….

영희   애인이랑 둘이서 가게 차렸대.

세윤   옷이 낀다. 하여간 잘 됐다. 마담도 이번 기회에 짝 찾아서.

영희	(끊고) 내가 젓가락이니?
세윤	(등 내밀며) 나, 지퍼 좀 올려주라.
영희	(지퍼를 올려준다)
세윤	(일어서서 돌아서며) 나, 어때?
영희	(응시) 곱네.
세윤	아직도 오드리 헵번 같아?
영희	응.
세윤	티파니에서 아침? 아님 로마의 휴일?
영희	마이 페어 레이디. 자기, 처음 봤을 때.
세윤	(끊고) 오래간만에 옷다운 옷 입어본다. (허리에 손 대고) 살 잡히는 것 좀 봐. 매일 넥타이 졸라매고 책상에 붙들려 있으니 라인 다 망가졌어.
영희	우리, 오래간만에 산에나 갈까?
세윤	북한산 둘레길이 좋더라. 산책로 생기고 정비도 잘 해놓고 애 엄마가 (영희, 세윤을 본다) 다음에 또 가자더라.
영희	난 칠년 전에 자기랑 가본 게 끝인데. 기억나? 우리 그때 비 와서 둘이 바위 밑에 숨었다가.
세윤	그게 벌써 칠년 전인가?
영희	나, 아직도 가끔 생각해. 그때 우리 첫 키스.

사이.

세윤	아까부터 뭘 그렇게 만들어?
영희	밥벌이. 밤에 혼자 앉아 옷 만들면 옛날 생각도 많이 나고. 사방은 고요하고. 그럴 땐 방이 꼭 나한테 말을 거는 것 같아.

세윤   (곁에 앉으며) 방이 뭐래?

영희   … 차가워져라. 차가워져라. 안 그러면 미친다.

세윤   (부러 딴말) 방이 무슨 냉장고야?

영희   (피식) 하긴 밤에 혼자 있으면 웅웅~ 냉장고 우는 소리밖
        에 안 들리니까.

세윤   올라오다 보니까 동네 조용하대.

영희   새소리도 들리고… 오늘 아침엔 까치가 울더라.

세윤   (눕는다) 나도 이런 방 한 칸 있었으면 좋겠네. 윤 팀장도
        아니고, 조기 축구회 골키퍼도 아니고, 연지 아빠도 아니
        고. 넥타이 풀고 치마 입고 바람 솔솔 부는 데 누워 해바
        라기나 했으면 좋겠네. 그러다 냉장고에 남은 음식 몽땅
        꺼내 고추장 듬뿍 넣어서 비빔밥 만들어 먹고 마담이랑
        수다 떨고.

영희   놀러와. 자기 옷이랑 칫솔, 구두 다 여기 있잖아.

세윤   … 여기 계속 있을 거야?

영희   얼마 못 있을 거야.

세윤   왜? 딱 마담 방인데. 아무도 안 보는 데서 자유롭게 조용
        히 사는 게 꿈이었잖아.

영희   중개인 여자가 주인 대신 월세 받거든. 하루에도 몇 번씩
        전화를 해.

세윤   … 그래, … 저기.

영희   (끊고) 세윤아. (세윤의 손을 잡는다)

세윤   (자기도 모르게 당황) 왜 이래?

영희   손톱 좀 봐. 다 망가졌잖아. (일어난다)

세윤   어? (보며) 하도 자판을 두드려서.

영희, 화장품 가방을 가져온다.

세윤   또, 봉숭아물 들이려고? 그게 잘 지워지지도 않더라.

영희   (화장품 가방에서 매니큐어들 꺼낸다) 인디언 레드가 어디 있을 텐데. 봐, 예쁘지. 옷이랑 세트잖아. 아세톤으로 지우고 가면 돼.

세윤   (솔깃하지만) 좀 이따 클라이언트 만나러 가야 되는데.

영희   손.

세윤   (손 내밀며) 그럼 새끼손가락만.

영희   역시, 자긴 인디언 레드가 어울려.

세윤   난, 요즘 레몬 옐로우가 좋더라, 은은한 게.

영희   그 색, 너랑 안 어울려. (단호하게) 노티 나고 싼 티 나.

세윤, 전화 온다.

세윤   (무뚝뚝한 말투로) 예, 부장님. 담당공무원이랑 만났는데. 그 자식 깐깐해서 뭘 먹여도 싫대요. 룸살롱에 데려가서 뽕을 뺐는데… 자기가 무슨 영의정쯤 되는 줄 안다니까요. 그쵸, 영의정도 공무원이죠… 예, 예 남자 대 남자로 탁 터놓고 말해야죠. 알겠습니다. (전화 끊는다. 어색한 사이) 마담, 네일 숍 같은 거 차리면 대박 나겠다.

영희   … 차렸었잖아. 기억 안나?

세윤   아, 맞다. 내가 요즘 하도 바빠서.

영희   개업식 날 자기가 행운목도 배달시켰잖아.

세윤   아, 나쁜 새끼. 동업 하자놓고 손금골 들고 날라. 그 새끼만 아니었어도….

영희   짝눈 언니가 푸켓 다운타운에서 봤대.

세윤   뭐? 그럼 잡으러 가야지.

영희   행복해 보이더래.

세윤   행복? 나, 이번에 휴가 받으면 태국으로 그놈, 잡으러 가자.

영희   진짜 나랑 방콕 갈 수 있어? 저쪽 손도 줘봐.

세윤   (영희 본다) 마담, 요즘 주사 안 맞아?

영희   어? (얼굴 돌린다)

세윤   이 수염 좀 봐. 거뭇거뭇하네. 마담 관리 철저했잖아. 다리털도 매일 밀고, 삶은 달걀처럼 반들반들.

영희   사오십만 원짜리 주사? 이제 필요 없어. 수염 난 여자다, 이렇게 생각하지 뭐.

세윤   괜찮아?

영희   나, 방에 가만히 누우면 가평에서 춤추던 거 기억난다. 우리 백 일째 기념으로 경춘선 타고 소풍 갔었지. 산에는 철쭉에 진달래, 핑크빛 만발하고. 새벽에 민박집에서 나와 우리 둘이 강가로 갔잖아. 거기에서 춤을 췄지. 참, 어설펐지만. 아무도 없는 강가, 세상에 우리 둘만 있는 거 같고. 내 일생에서 그때가 가장 예뻤는데.

세윤   나도 가끔 기억나.

영희   거짓말.

세윤   속고만 살았나. 그때 마담, 참 이뻤는데.

영희   차라리 그때 시간이 멈췄다면 행복했을 텐데. 자기… 아니겠지만. 난 아직도 그 강가에서 혼자 춤을 추고 있는 것 같아. 저렇게 산만 날 내려다보고 있고.

세윤도 창쪽을 본다.

세윤   마담, 우리 오랜만에 춤 한 번 출까?

영희   매니큐어 덜 말랐어.

세윤   어차피 지울 건데. (손을 내민다) 마담?

영희, 못 이기는 척하고 일어선다.
둘은 춤을 춘다.

3장

설찬, 언덕으로 나온다.
곱게 단장한 중개인, 팝콘 박스 들고 나타난다.
설찬에게 전화를 한다.

설찬　　엄마, 왜?

중개인　설찬이 너, 거기 어디야?

설찬　　독서실이지 어디야.

중개인　독서실? 뻥치지 마. 차 소리 들리는데… 엄만 혼자서 너 벌어 먹이려고 발바닥에 땀이 나도록 뛰는데, 아들이란 놈이.

설찬　　엄만 어딘데?

중개인　(흠칫) 엄마? 그건 왜 물어. 여기 찜질방… 하여간 너 이번에도 떨어지면….

설찬　　엄마, 엄마 배터리 떨어졌다. (전화를 건다)

중개인　뭐? 배터리가 떨어져? (끊어진다) 야! 안설찬, 안설찬 (전화 온다) 야! (목소리 바뀐다) 영화관 앞. 지금 막 왔어요. (팝콘 먹으며) 근데 어디까지 왔어요? 아직도 가게? 영화 곧 시작한단 말이에요. 혼자 보라니? 지금 장난해요. 나, 계속 기다릴 거예요. (전화 끊는다)

설찬, 어둠 속에서 회중전등 비추며 들어온다.

설찬　봉주야, 봉주야아~

봉주, 작은 방에서 붉은 옷을 입은 봉주, 대본 들고 살금살금 나온다.

설찬　봉주 얜, … 먼저 와서 기다린다고 해놓고.

봉주, 머리를 늘어뜨리고 회중전등 앞에 얼굴 들이민다.

설찬　악! (기절한 척)
봉주　(머리 만지며 설찬에게 가서) 괜찮아? 안설찬. 어떻게. 얘, 머리 다치면 안 되는데. 인공호흡.

설찬, 벌떡, 일어난다.

설찬　(피하며) 닭 먹을래?
봉주　봉주르 두 마리 치킨 집 사장의 외동딸. 나, 남들 우유 먹을 때 닭 뜯었다.
설찬　보통 닭이 아니라. 이번에 내가 개발한 신 메뉴. 생강 닭. 냄새 싹 사라지고.
봉주　공부할 시간 없단 놈이 닭이랑 씨름하고.
설찬　난 요리할 때 제일 행복하더라. 근데, 왜 보자고 그랬어?
봉주　그냥… 설찬, 야, 너희 엄마가 암말 안 해?
설찬　무슨 말? 매일 똑같지. 공부해라. 공부해.

봉주	그래? 얌마 그래도 포기하지 않았을 때가 행복한 거야.
설찬	근데, 그 원피슨 뭐야?
봉주	저, 방에 있더라. 한 번 입어봤는데 어때?
설찬	남이 버리고 간 옷을 입고 싶냐?
봉주	어울리면 임자지. 나, 오디션 때도 이 옷 입고 갈까봐.
설찬	줄리엣이 빨간 원피슨 입어?
봉주	강남 줄리엣과 강북 로미오. 돈 때문에 갈라선 연인들의 비극적인 사랑 이야기.
설찬	대본 줘봐.
봉주	(주며) 땡큐. 혼자 대사 치니까 감정이 안 살아.
설찬	그러니까 난 로미오 대살 읊으면 되는 거지. 오~ 줄리엣.
봉주	야!!!
설찬	응?
봉주	로미온 죽었거든. 홍대 클럽에서 패싸움에 말려들어. 시체처럼 누워 있어.
설찬	(마뜩찮지만 누우며) 꽥.
봉주	(손전등, 가슴에 세워주며) 칼을 꽂고, 손엔 오백 잔.
설찬	오백 잔은 왜?
봉주	칼 맞고 독약 탄 맥주도 마셨거든.
설찬	죽는 것도 만만치 않구나.
봉주	자, 상상해봐. 여긴 홍대 클럽이야.
설찬	시체가 뭘 상상해.
봉주	(일어난다) 머리 속에 그 장솔 생각해봐. 금요일 밤. 클럽 데이. 주차장 거리 한 켠 홍대 클럽. (불빛 현란하다) 음악 소리가 들리고. (현란한 음악 소리) 사람들은 어두운 지하클럽으로 몰려들어. 나는 바닥에 쓰러진 로미오를 보는 거

야. (비명소리, 음악 바뀐다)

봉주 오, 로미오, 로미오. 이게 뭐야? 잔이 로미오 손에 꼭 쥐어 있네? 아마 독약을 먹고 불시에 죽었나봐. 요 깍쟁이 좀 봐라. 다 따라 마시고 뒤엔 따라가지도 못하게 한 방울도 안 남겨 놓았단 말인가? 그럼 당신 입술에 키스할래. 혹시나 독약이 입술에 아직도 묻어 있다면 생명의 묘약처럼 날 천당으로 보내주겠지. (키스한다) 입술이 아직도 따뜻하네. (설찬, 피하려고 하자 얼굴 꽉 쥐고) 아, 이 시체가 왜 이래… 사람 소리가… 그럼 얼른 끝장 짓자꾸나. 아, 다행히도 단도가 있네. (손전등을 잡아 뺀다) 이 가슴이 너의 칼집이 되어주마. (손전등으로 찌른다) 거기 박혀서 날 죽게 해다오. (설찬, 위에 쓰러진다)

봉주 (밀치며) 뭐야!

설찬 고문이야, 고문. 시체도 벌떡 일으키는.

봉주 야, 안설찬 난, 줄리엣 생각하면 가슴이 아파. (오버) 열나 사랑하는 두 남녀가 주위 상황 땜에 죽는단 말이야. 자기들은 죽도록 사랑하는데 남들 땜에, 다른 사람들 때문에야, 좆나. 눈물나지 않냐?

설찬 너, 왜 이렇게 오버해. 너~ 오디션 땜에 스트레스 받았구나. 마흔일곱 번 떨어져 본 사람만이 마흔여덟 번째 붙을 수 있다니까. (어깨 감싸며 한손으로 먼 곳 가리키며) 우리 아직 젊잖아. 꿈과 희망을 버리면 안 되지.

봉주 너, 공익광고 찍냐? (설찬의 어깨를 감싸며) 야, 안설찬, 우리 오늘 확 사고 칠까?

설찬 사고? 너 벌써 사고 많이 쳤잖아.

봉주 그런 잔챙이 사고 말고… (다가간다) 19세 미만에겐 금지

된 장난을.

설찬 왜 이래… 일단 대학 붙고 대학 졸업하고.

봉주 인생이 영어사전이냐. A, B, C 순서대로 아니잖아. 내가 오면서 생각해봤는데, 답은 딱 하나야. 속도위반.

설찬, 피한다.

봉주 (풀죽어) 야, 내가 그렇게 별로냐?

설찬 아니, 그게 아니라. 나야 널 지켜주고. (밖에서 무슨 소리 들린다) 잠깐.

봉주 왜?

봉주, 설찬 화들짝 놀라 작은 방으로 들어간다.
문이 열리고, 중개인, 치킨 집 남자 들어온다.

중개인 익섭 씨! 극장 앞에서 내가 얼마나 기다렸는 줄 아세요?

치킨집 기다리지 말랬잖아요.

중개인 말 좀 해봐요.

치킨집 미안해요.

중개인 원래 이런 사람이었어요? 사람 바보 만들고.

치킨집 그게 아니라… 봉주가.

중개인 … 봉주가 왜요?

치킨집 우리 사일 눈치챘나 봐요.

중개인 봉주가….

치킨집 영화관 가려고 나서는 데 할 말이 있다고 잡대요. 술 한 잔 하재요. 오백 두 잔 완샷하더니 묻더라고요. 설찬이 엄마랑 무슨 사이냐구?

중개인 … 그래서요?

치킨집 왜 하필, 설찬이 엄마냐고.

중개인 … 내가 걔한테 밉보였나 보네.

치킨집 저요… 지금까지 우리 봉주만 보고 살았어요. 봉주 낳다가 애 엄마 죽고, 스물여덟 살부터 봉주 키우면서 친구처럼 애인처럼 의지하면서 살았는데….

중개인 봉주 이제 스물둘이에요. 다 컸잖아요. 나는요, 여자 혼자서 설찬이 키우면서 얼마나 힘들었는 줄 알아요? 이 동네로 이사 와서 익섭 씨 만나고… 이제 웃나 싶었는데.

치킨집 지 엄마 제사 때도 눈물 꾹꾹 참던 녀석이….

중개인, 핸드백에서 손수건 꺼내어 치킨집 얼굴을 닦아준다.

치킨집 (마다하며) 괜찮아요. (손으로 눈가를 문지르며) 순임 씨, 봉주 시집갈 때까지만 우리 참읍시다.

중개인 … 나, 극장 앞에 익섭 씨 기다리는데… 극장 앞을 지나는 사람들 속에서 익섭 씨 얼굴을 열심히 찾는 거야. 모든 사람들이 익섭 씨 같고, 막 설레고… 바보같이.

치킨집 (중개인의 손을 잡는다) 순임 씨….

중개인, 손을 뿌리치고 딴청하며 방을 둘러본다.

중개인 이 방은 언제나 나가려나.

치킨집 우리 가끔 만나서….

중개인 내 마음이 그렇게는 못하겠다네요. 앞으로는 아는 체 말아요. 전화도 걸지 말고 (중개인 나가려 하고 치킨집이 따라나서려고 하자) 나, 혼자 가게 내버려둬요.

치킨집　순임 씨! 순임 씨!

중개인 나가고 치킨집 따라 나간다.
봉주, 설찬 나온다.

설찬　이건 무슨 시추에이션이냐? 그러니까 우리 엄마랑 너희 아빠가….

봉주　… 성질 같아선 파토내고 싶었는데, 야, 아빠가 딱 한 마디 하더라. 봉주야, 나 진짜 순임 씨 사랑한다.

설찬　… 뭐?

봉주　하여간, 한 핏줄 아니랄까봐, 아빠나 나나 참,

설찬　그럼… 넌 어쩔 건데?

봉주　나 어릴 때 아빠한테 열나 지랄했어. 딴 애들은 엄마가 예쁘게 머리도 따주는데, 난 뭐냐고. 아빠가 날 앉혀놓고 머리를 따주더라. 진땀을 흘리면서 아, 씨 새끼 꼬아 놓은 것 같더라. 완전 머슴이야, 골목을 나서면서 풀러버렸어. 근데 그걸 우리 아빠가 봤어. 암말 안 하더라. 내가 딴 건 몰라도 의리 하난 끝내주지 않냐?

설찬　의리?

봉주　작별인사하자고 만나자고 했어. (손 내밀며) 원래 첫사랑은 비극으로 끝난다더라.

설찬　봉주야, 난 널.

봉주　(악수하며) 야, 우리 잘 해봐. (끌어안고) 안설찬, 파이팅!

설찬　봉주야.

봉주   따라오지 마. 나는 누가 나, 우는 얼굴 보면 패주고 싶거
든.

설찬, 따라 나간다.

4장

바람 소리 들린다.

스카프를 두른 도우미, 청소를 하고 있다. 노래를 흥얼거린다.

중개인, 화장실에서 나온다.

중개인 (허리 두드리며) 저놈의 변기. 물 퍼붓다 허리 나가겠네. (상
자에 앉으며) 구석구석 좀 부탁해. 그젠가 집 보러 와서 폐
가 같네, 유령의 집 같네. 오만가지 까탈을 부리고.

도우미 모르는 거예요. 이 집이 어떤 집인지.

중개인 (거울 보며 표정 짓다) 그치? 다들 눈이 삐었어. 여기 창틀
에 먼지 좀 털어.

도우미 예. 사람이 살아야, 방이 방 구실을 하는데.

중개인 이러단 폐가 되겠어. (몸서리를 치며)

도우미 오늘 따라 바람이 참 세게 부네요.

중개인 환기시키려면 창문 활짝 열어둬야지, 어쩌겠어.

도우미 빈 방에 햇빛과 바람만 들락거리고.

중개인, 주머니에서 핸드폰 꺼내 만지작거린다.

중개인 연락하지 말랬다고, 진짜 안 하네. (핸드폰으로 전화를 한다)

설찬이 얘는 또 왜 전화 안 받아. 뚱해서 밥도 안 먹고 나가고.

도우미 좀 기다려보세요.

중개인 게다가 뭔 헛소문까지 돌아서.

도우미 무슨 소문요?

중개인 이 집에서 귀신이 나온다고. 밤마다 누가 이 집에서 운다고.

도우미 누가 울음소릴 들었대요?

중개인 몰라. 철물점 그 여편넨 말도 안 되는… 아니, 이 세상에 사람 한두 명 안 죽어나간 집이 어디 있나. 이 땅에 사람 산 지 수천만 년이야. 그 사람들 다 어디 묻혔겠어?

도우미 무덤자리에 집 세우고 거기서 애 낳고 살다 죽고 그런 거지.

중개인 (부채질하며) 내가 귀신이라면 저기, 고층아파트, 거실에 50인치 평면 텔레비전 걸리고 바닥이 대리석인 그런 집에 눌러 붙겠다. 미쳤다고 이런 집에.

도우미 집이 놓아주질 않는 거죠. 떠나고 싶은데, 떠나질 못하는 거죠.

중개인 굿이라도 해야 하나.

도우미 따뜻한 커피 한 잔 하실래요?

도우미, 한구석에 놓아둔 가방에서 보온병을 꺼낸다.

도우미 요즘 힘드세요?

중개인 요즘 말도 마. 떠들어야지. 웃어야지. (입을 오므렸다 펴면서) 얼굴이 마비되는 것 같아. 하도 웃느라고.

도우미 난, 일부러 인상 팍팍 썼는데. 힘든 티 내려고.

중개인 요즘 같아선 다 때려 치고 싶어. 남의 방 구해주려다, 정작 난 독수공방 신세고.

도우미, 커피 건넨다.

중개인 (마시곤) 어, 시다, 셔. 커피 맛이 왜 이래?

도우미 탄자니아 커피예요. 킬리만자로.

중개인 킬리만자로?

도우미 적당히 신맛도 있고 아로마도 풍부하고.

중개인 (종이컵 들여다보며) 커피가 뭐 커피지. 자기 참, 멋쟁이야. 그 스카프도 그렇고.

도우미 (스카프 잠시 만졌다가) 이 커핀, 제가 저한테 주는 선물이에요. 향을 맡으면 옛날 생각도 나고, (원샷하려는 중개인을 보고는) 물처럼 벌컥벌컥 말고 (한 모금 마시며) 입 안에서 굴린다, 생각하세요. (눈을 감으며) 아프리카 초원이 눈앞에 펼쳐지고 하얀 산봉우리가 솟아올라요.

중개인 (창 밖 보며) 킬리만자로⋯ 아, 그 조용필. 치킨집 양반 참 구성지게 불렀는데⋯ 먹이를 찾아 산기슭을 어슬렁거리는 하이에나를 본 일이 있는가.

도우미 (노래한다) 바람처럼 왔다가 이슬처럼 갈 순 없잖아. 내가 산 흔적일랑 남겨둬야지. 한 줄기 연기처럼 가뭇없이 사라져도 빛나는 불꽃으로 타올라야지. (중개인 따라한다) 사랑이 외로운 건 운명을 걸기 때문이지. 모든 것을 거니까 외로운 거야. 사랑도 이상도 모두를 요구하는 것 모두를 건다는 건 외로운 거야. (도우미 혼자) 모두를 잃어도 사랑은 후회 않는 것 그래야 사랑했다 할 수 있겠지.

중개인 이 방도 자꾸 드나들다 보니 정이 드네. 사람들은 이사를 가면, 그 전에 살던 집을 잊겠지. 이 방에서 웃고 울던 날들은 까마득한 옛일이 돼버리는 거야. … 무정한 사람.

도우미 사람은 잊어도, 집은 기억하겠죠. 살던 사람들의 흔적이 남으니까.

중개인 사람이 있다 간 자리.

도우미 몸에 난 흉터 같은. 흉터를 보면 그 사람이 어떻게 살았는지 알잖아요.

중개인 어깨에 불 주사 자국, 배에 설찬이 낳을 때 수술자국. (가슴 짚으며) 이 가슴 속에 난 상천 티도 안 날 거야.

바람 소리 들린다.

도우미 이렇게 바람에 귀 기울이면 목소리가 들려요.

불빛, 깜빡거린다.

중개인 전기까지 말썽이네.

도우미 바람 잔잔해지면 괜찮아 질 거예요. (일어선다) 예전에 아들 둘이랑 부부가 사는 집이 있었어요. 참 단란한 가족이 었는데. 근데요, 좀 살만해지니까, 애 엄마가 병에 걸린 거예요.

중개인 애고 그런 집 많아. 아등바등 살 땐 몰랐다가 긴장이 풀리니까.

도우미 (창 앞에 서서) 겨우 집 한 칸 장만했는데. 병원비며, 치료

비며 감당하려면 집을 팔아야 하는 거예요. 참 정들었던 집인데….

조명, 다시 환해진다.

중개인 이제 괜찮아졌네.

도우미 밤에 자다가 일어나서 잠든 식구들 얼굴을 봤대요. 참 잘 자더래요. 애들 머리를 쓰다듬어 주고, 남편 손을 한번 잡아보고. 지켜주자. 나, 하나만 빠지면 다들 행복하게 살겠지. 다, 두고 바람처럼 떠나자.

중개인 떠나고 싶으면 떠나지나. 나도 우리 설찬이 놓고, 에이, 관두자.

도우미 예쁘게 차려 입고 고속버스 터미널에서 식구들 보냈어요. 작별인사를 하고 돌아서는데, 지하철역에 귤을 파는 거예요, 그걸 사 들고 집에 혼자 돌아왔대요. 한 손엔 귤 봉지를 들고, 혼자 앉아 귤을 만지작거리니까 따뜻하고 몰랑한 게 식구들 생각이 나더래요. 같이 먹었으면 좋겠 다.

중개인 그래서 어떻게 됐대? 설마.

도우미 애들 이름, 이젠 가물가물하대요. 둘이 골목길에서 세발 자전거 타고 참 잘 놀았는데. (사이) 살다 보면 잊힐 날 있 겠지요. 잊으면 살아지겠지요.

중개인 뭣 하러 기억해서 속 끓여. 안 그러면 속상해서 못 살아. 한두 집 다니는 것도 아니고. (일어서서 벽 보며)

도우미 (보온병 챙기며) 커피… 더 드릴까요?

중개인 이 낙서 좀 봐.

도우미   낙서가 아니라, 시예요.

중개인   (침 발라 문지르며) 이거 지워지지도 않네.

도우미   사면은 잡초만 우거진 무인지경이다.

중개인   그러고 보니, 기억나네. 예전에 그 둘.

도우미   하난, 고시생, 하난 시인.

중개인   남자가 먼저 들어갔는데, 보증금이 모자라대요. 근데 마침 고시 공부하겠단 여자애가 찾아와서, 여기가 고시 명당이니, 방을 구할 수 없냐고. 예전에 여기 살던 아저씨가 행시랑 외무고시 합격해서 그래서 옥신각신하다 둘이 방을 반반씩 썼는데. 말도 마. 둘이 번갈아서 전화해서, 선을 넘었대. 둘이 반반씩 월세 내고 같이 살기로 했잖아. 그런데 왜 뻑하면 나한테 전화를.

중개인 전화벨, 울린다.

중개인   (황급히 받는다) 여보, 여보… 익섭 씨? (나가며) 끊어졌네. 아줌마, 여기, 대충 정리하고, 수고빈 나중에 줄게.

도우미, 청소도구를 챙긴다.

도우미   (혼잣말처럼) …그 귤, 참 달았는데.

도우미, 사라진다.
조명, 벽의 낙서를 비춘다.

5장. 여름

무대에 불 커지면 머리에 '수석합격' 띠를 두른 언주, 앉은뱅이책상에 앉아 있다.
호림 벽 앞에 서 있다.

호림   허공, 김종삼. 사면은 잡초만 우거진 무인지경이다. 자그마한 판잣집 안에선 어린 코끼리가 옆으로 누운 채 곤히 잠들어 있다.

언주   (법전 탕탕 치며) 정숙! 정숙!

호림   자세히 보았다. (멈추고) 자세히 보았다….

언주   15년 전에 죽은 반가운 동생이다.

호림   더 자라고 둬두자.

언주·호림   먹을 게 없을까.

언주   (배를 문지르며) 저기, 호림 씨 치킨 집에 전화 좀 걸어보실래요?

호림   제가요?

언주   반 마린 그쪽 거잖아요.

호림   기다리다 보면 오겠지요. 닭도, 사랑도, 시도 날개를 퍼덕이며….

언주   매일 벽에 낙서나 하면서… 근데, 왜 반말이죠?

호림   아니, 그게… 이건 낙서가 아니라 필삽니다. 그리고 여기, 제 구역이죠. 벽에다 시를 쓰든 오줌을 누든, (언주 보며) 자긴 매일 살벌한 말만 버럭버럭. 10년 이상의 징역에 벌금에. 아, 살벌해. 시로 정활 시켜야 돼.

언주   뭐요?

언주, 줄을 화장실 입구로 이동시킨다.
호림, 뒹굴거리며 방해한다.

언주   제16조 모든 국민은 주거의 자유를 침해받지 아니한다. 주거에 대한 압수나 수색을 할 때에는 검사의 신청에 의하여 (호림이 낭송한 시와 섞여) 사랑을 기다리는 까닭이다.

호림   진실로 진실로 내가 그대를 사랑하는 까닭은 내 나의 사랑을 (언주가 읊어대는 법조문과 섞여) 법관이 발부한 영장으로 바꾸어 버린 데 있다.

언주   뭐예요, 화장실, 현관 통행은 자유.

호림   안방도 자기가 차지해놓고.

언주   짝수 달엔 내가 안방, 홀수 달엔 댁이 안방.

언주, 화장실에 들어간다.
호림, 언주 구역으로 굴러간다.
책상에 앉아서 언주 흉내도 내본다.

언주   (목소리) 뭐야! 또 변기 뚜껑 올려놓고! 벌금 오천 원.

호림   걸핏하면 오천 원! 댁은 내 치약 썼잖아.

물 내리는 소리 들린다.

언주   (목소리) 호림 씨, 호림 씨.
호림   왜요?
언주   (목소리) 저기, 변기요.
호림   또 아니 멀쩡한 변기가 왜 댁만 들어가면.

언주, 나온다.
호림, 들어간다.

언주   맞다, 호림 씨, 공과금 고지서 어디 뒀어요?
호림   (목소리) 그게…어디 뒀더라. 방에 있을 텐데.

언주, 호림 방에 들어간다.

호림   (나오며) 거, 변기에 휴지 좀 먹이지 마요. 변기가 염손가.
언주   (고지서 들고 나오며) 내일까지 내야 하는데.
호림   어? 왜 남의 방에.

언주, 후딱 자기 자리로 돌아간다.
언주, 금 옆에 앉아 호림에게 손짓한다.

언주   수도요금 6천 7백 원. 반으로 나누면 3천 3백 5십원.
호림   반, 반이라뇨. 댁은 아침저녁으로 샤워하고 게다가 샤워
        할 때 물을 계속 틀어놓으시잖아요.
언주   물소리 안 내니까, 문 벌컥 열었잖아요.

호림	보고 싶어 본 것도 아니고, 댁이 다짜고짜 바가지 던져서.
언주	휴… 그럼 전기요금은? 댁은 밤새 노트북 켜놓잖아요.
호림	그거야 밤에 글이 잘 써지니까.
언주	벽에 쓰면 되잖아요!
호림	그렇게 전기요금 걱정하시는 분이 왜 밤에 불은 켜두고 주무십니까?
언주	그게 불을 끄면 자꾸… 울음소리가 들려서….

불 깜빡거린다.
언주, 놀라서 호림 곁에 붙는다.

호림	이거 왜 이래? 다마가 나갔나.
언주	집이 낡아서.

문 두드리는 소리, 들린다.

언주	어, 치킨!

호림, 일어나서 돈과 치킨을 바꾼다.

치킨집	2만 3천원입니다. 쿠폰 10장 모으면 한 마리 공짤입니다. 맛있게 드세요. (나간다)
언주	생맥주도 시켰어요?
호림	(잔에 술 따른다) 제가 돈 냈습니다.
언주	저도 한 잔만 주시면.
호림	술 못 마신다면서요.

연주	10분간 휴정입니다.

정전된다.

연주	거봐요. 댁이 매일 전기를 펑펑 쓰니까.
호림	전기가 물이에요. 쓴다고 없어지게 어디, 촛불이 있을 텐데.

촛불 켜지면 언주, 얼굴 빨갛다. 바닥에 소주병.

호림	술 못한다는 애가 서랍에 소주병까지 쟁여놓고. (닭다리 든다)
언주	너 그 다리.
호림	다리 뭐?
언주	빨갛잖아. 양념은 내 꺼, 후라이든 니 꺼.
호림	아니지, 양념은 내 꺼, 후라이드가.
언주	아, 치사한 놈. 닭다리 놓고 싸우는 게 시인이냐?
호림	그럼, 닭다리 놓고 재판하는 넌, 솔로몬이냐? 치사해서, 가져가.
언주	… 야, 한호림. 넌 꿈이 뭐였냐?
호림	꿈? 그럼 넌 꿈이 뭐였는데?
언주	미스코리아!
호림	야, 술 한 잔 더 줄까?
언주	웃기지?

불, 켜진다.

호림	(물끄러미) 너도 화장 좀 하고 꾸미면 예쁜 얼굴인데.
언주	난 그냥 평범한 여자애야. 얼굴도 보통, 머리도 보통.
호림	그게 어때서?

언주가 울먹이자 호림은 어쩔 줄 모른다.

언주	여긴 내 마지막 공부방이야. 대학 가서 옮겨 다닌 공부방만 몇 군덴 줄 알아. 옥탑방, 하숙집, 고시원.
호림	나도 이전엔 저기 대로변에 있는 고시원에 있었어. 지난달에 화재로.
언주	어! 필승 고시원! 나 거기, 삼층 여자 방.
호림	정말, 난 4층 남자 방. 와!!! 우리 대단한 인연이다. 한지붕 아래서만 두 번 살았네. 언주야, 건배나 한 번 하자.
언주	(부딪치고 한 모금)
호림	짐은 다 타버리고, 나한테 남은 건 저 배낭, 하나뿐이야.
언주	나한텐 이 헌법책 뿐이야… 불낸 게 내 옆방 여자였대.
호림	지하철 청소 일을 했는데 냄샐 지우려고 아로마 향을 피워놓고 깜빡 잠들었는데….
언주	그 여잘 알아?
호림	총무 형한테 들었어.
언주	나도 한번쯤은 봤겠지.
호림	스쳐갔겠지. 옥상에 빨래 널러 갔다가, 계단을 오르다가, 조리실에서… 나, 사실 널 처음 봤을 때 어디서 봤는데 했어.
언주	나도 낯설지 않더라. … 나, 자꾸 그 방이 생각나. … 호림아, 사실 나 그날 독감에 걸렸거든. 고시원 방에 누워

천장을 올려다 보는데 그런 생각이 들더라. 이런 방들을 떠돌며 늙어버리고, 그러다 죽겠지. 그럼, 이 방이 내 관이 되는 거구나. 벌떡 일어났어. 배낭을 짊어지고 지하철역에 섰는데, 사람들 얼굴이 너무 반가운 거야. 낯선 사람들이라도 상관없었어. 아, 내가 사람들 속에 있구나.

호림 … 사람들. 고시원 건물 앞에서 사람들이 불구경을 하는 거야. 창문이 열리고 사람이 뛰어내리니까 우르르 몰려가서 플래시를 터뜨렸어. 하이에나 떼처럼. 언젠가 지워버릴 사진을 찍고 전송하고 홈피에 올리고. 그저 화재현장에, 자기가 있었다는 인증샷만 찍고. (사이) 나, 살던 방은 다 타고, 흔적도 없이. 건물에서 돌아서서 걷는데, 딱 일 년만 원 없이 시를 써보자. 그런 마음이 들더라.

언주 그 건물 아직도 거기에 서 있다, 그을음 뒤집어쓰고. 입구에 쳐진 폴리스 라인 안쪽을 들여다봤어. 컴컴하더라. 거기 살던 사람들은 다 어디로 갔을까? 지금 어디서 뭘 하고 있을까?

호림 너랑 나랑은 지금 여기 있잖아.

언주 (큰방 가리키며) 호림아, 나 저 방에 혼자 누워 있으면 자꾸 여자 울음소리가 들려.

호림 어, 네가 우는 거 아니었어! 난 네가 너무 힘들어서 우는 줄 알았는데….

언주 내가?

호림 그저껜 너무 걱정돼서… 금 넘어서 네 방을 들여다봤어.

언주 뭐?

호림 잘 자고 있어서 진짜 안심했다.

언주	금 넘어 오지 말랬지. 어딜 여자 방을… 너 죽을래!
호림	미안, 미안. 걱정돼서 그랬지. (웃으면서) 너 그거 알아? 잠꼬대로 헌법 외우는 거.
언주	넌, 자면서 시 쓰더라. 버럭버럭 고함을 지르며.
호림	나, 꿈속에선 늘 좋은 시를 쓰거든. 근데, 깨면 기억이 안나.
언주	꿈속에서 쓴 시 궁금하지? (헌법책에서 꺼내며) 여기….
호림	(뺏으려고 한다) 뭐? 왜 남의 꿈을 필사하고 난리야.
언주	달팽이 집 이고 지나간 길, 눈물 자국 남는다. 햇빛이 걷어가는.
호림	이리 안 줘!

쪽지를 뺏으려고 다투다가 나란히 앉는다.

언주	난 이 부분이 좋더라.
호림	진짜?
언주	내 맘이 꼭 이랬거든. 천국에도 우리가 사랑할 방이 있을까.

호림, 언주 마주본다.

호림	우리가 사랑할 방이 있을까?
언주	너, 선 넘어오면.
호림	선이란 게 넘으라고 있는 거야.

호림과 언주 나가고, 도우미 등장해서 방을 정리한다.

무대 앞으로 헬멧을 쓰고 노란 우비를 입은 치킨 집 남자, 중개인을 업고 나타난다.
중개인은 우산을 들었다.

중개인 하필 거기서 미끄러져서 빙판에 비까지 내려서… 무겁죠? 저녁마다 치킨만 먹어서.

치킨집 (헬멧 쓴 채 웅얼거린다) 하나도 안 무거워요. 이렇게 계속 업고 다녔으면 좋겠네.

중개인 미안해요, 설찬이 전화기 꺼뒀고, 그래서 전화할 때가… 다신 전화 안한대놓고.

치킨집 웅웅웅. (잘 했어요)

중개인 뭐요? (헬멧의 입 부분에 귀를 대며) 하나도 안 들려요. 나, 보고 싶지 않았어요?

치킨집 (고개를 젓는다)

중개인 에? 보고 싶지 않았다고요?

치킨집 (고개를 젓다가 끄덕이다 젓는다) 웅웅웅. (매일, 순임 씨 생각 많이 해요)

중개인 저기요, 익섭 씨, 그때 그랬잖아요. 같이 살자고.

치킨집 웅웅웅. (맞아요)

중개인 많이 생각해봤어요. 익섭 씨 없이 산다고 생각하니까. 사는 게 까마득해서 나, 좀 내려줄래요.

치킨집 웅웅웅.

중개인 나, 설찬이한테 그랬어요. 익섭 씨랑 살림 합치겠다고.

치킨집 고개를 끄덕인다.
중개인, 치킨집 어깨를 때린다.

치킨집, 비틀거린다.

중개인 아파요?

치킨집 응응응.

중개인 식은 생략하고 그러니까 집부터 얻자고. 나, 잠깐만 내려
줘요.

치킨집, 중개인을 내려놓는다.
치킨집 중개인에게 우산을 씌워준다.

중개인 이런 얘길 얼렁뚱땅 하면 어떻게 해요. 그러니까 우리 둘
이 같이 살잔 거죠?

치킨집, 중개인을 덥석 안는다.
우산이 두 사람 모습 가린다.

중개인 아니, 헬멧이 왜 이렇게 안 벗겨져.

중개인, 치킨집, 사라진다.
무대 앞에 봉주, 행사 도우미로 무표정하게 춤을 춘다.
설찬, 나타난다. 말없이 지켜본다.

봉주 네, 신규가입하시면, 가입비 무료에 데이터 무제한. (손
시리다, 호호 분다)

봉주, 설찬 봤지만 외면한다.

설찬, 다가와 목에 둘렀던 목도리 풀어 봉주, 목에 둘러준다.
봉주, 설찬에게 말 걸려고 하지만, 설찬 뚜벅뚜벅 가버린다.
봉주, 목도리를 꼭 쥔다.

6장

무대에 불 밝혀지면 밖에서 용쓰는 소리 들린다.

규진 (목소리) 똑바로 들어.
규만 (목소리) 팔 빠지겠네. 치킨집 앞에서 여기까지.
규진 (목소리) 그럼, 주차할 데가 없는 데 어떻게.

문 열리고 규진과 규만 상자를 들고 들어온다.
둘은 낑낑대며 상자를 거실에 놓는다.

규진 이 집 참 오래간만이지.
규만 이 동네도 많이 바뀌었네. 아까 올라오는데, 못 알아보
      겠더라.
규진 그럼 30년이 지났는데 동네가 그대로겠니?
규만 우리 썰매 탔던 비탈길, 계단이 생겼더라고. 그때는 여기
      가 대궐 같았는데.
규진 올라오다 보니까 골목도 엄청 좁더라. 옛날에 형이랑 둘
      이 세발자전거 탔었잖아. 그땐 진짜 널찍했었는데.

둘은 방안을 둘러본다.

규진	(작은방 문틀 가리키며) 이게 아직도 남아 있네.
규만	뭐가?
규진	너랑 나랑 자랄 때마다 여기다 아버지가 금을 그어줬잖아.
규만	그게 아직도 남아 있어?
규진	장판이랑 도배 새로 해도 문틀은 그대로잖아.
규만	(쭈그려 앉아본다) 내가 이렇게 작았던 때도 있었네.
규만	(벽 더듬으며) 금 가면 아버지가 벽에 시멘트 바르고. 아버지가 애지중지했지, 이 집을.
규진	서울 와서 처음 마련한 집이었잖아. 엄마가 인부 아저씨들한테 음식 날라주면 우리도 끼어들어 국수도 얻어먹고.
규만	그게 벌써 몇 년 전이야. 맞다, 빈터에 벽돌더미랑 거푸집이랑 아저씨들이 막 돌아다니고.
규진	나랑 너랑 벽돌로 빈터에 기지 만들었잖아.
규만	모래더미에서 두껍아, 두껍아, 헌집 줄 게 새 집 다오. 그때 아버지 진짜 기분 좋으셨지.
규진	집 완성된 날, 현관 앞에서 우리한테 그랬잖아. 여기가 이제 우리 집이다. 첫날에 우리 식구 몽땅 거실에서 모여 잤잖아.
규만	… 나, 여기 누워서 산을 바라봤는데.
규진	… 미안하다, 규만아.
규만	뭐가?
규진	너한테 다 떠맡기고. 제수씨가 아버지 때문에 고생이.
규만	(끊고) 출국 준빈 잘 돼가?
규진	그럭저럭.
규만	새벽에 영어 학원까지 다닌다며.

규진	세탁소에서 뭐 대단한 영어 쓸 일 있겠어? 드라이클리닝만 알면 되지.
규만	언제 돌아올 거야?
규진	글쎄, 거기서 어느 정도 자리 잡히면… 떠나기 전에, 엄마나 뵈러 가자.
규만	지난번에 갔을 땐 꽃이 한참이었는데.
규진	일동 갔었어? 나한테도 연락하지.
규만	… 불쑥 생각나서. 산에 꽃 보니까.
규진	우리 엄마 꽃 참 좋아했는데. 저기 마당에다 채송화랑 작약이랑 해바라기랑 심었었잖아.
규만	아버지도 모시고 갔었어.
규진	아버질… 어머니 무덤에.
규만	내가 무덤 가리키면서 저기가 엄마 집이에요. 그러니까 거짓말 말라는 거야. 사람이 이런 두꺼비집 같은 데서 사냐고. 무덤을 빙빙 돌면서 문을 찾는 거야. 문도 없는 집이 어디 있냐고. 문이 없으면 사람이 어떻게 드나드느냐고. 내려가자고 하는데, 엄마 무덤 옆에 누워 꼼짝도 안 하는 거야. 아무리 잡아끌어도 하소연해도 자긴 한숨 자고 가겠다고.
규진	그래서….
규만	주무시게 내버려뒀지. 그 곁에 앉아 있는데 그냥 막… 내가 아버지가 돼서 잠든 아들을 지켜주는 것 같은 거 있지. 아버지가, 깨서 날 부르는데 옛날처럼.
규진	그래, 우리 어렸을 때 아버지가 대문 앞에서 우릴 불렀잖아.
규만	규진아, 규만아 아빠 왔다.

규진   어쩌면 이 집이 우리보다 더 오래 남아 있을지도 몰라. 아버지한텐 이 집에 들어온 때가 인생에서 가장 행복했던 때였을 거야.

규만   그때 엄마 혼자서 가시게 내버려 두는 게 아니었는데.

규진   엄만, 가셨어도 집 곳곳에 엄마 흔적이 남아 있었잖아. 창틀을 봐도 엄마 생각, 장롱을 보면 엄마가 걸레질하던 모습도 떠오르고… 집안 일한 거밖에 떠오르는 게 없어, 고생 참 많았는데.

규만   엄마가, 이 집 참 좋아했었는데.

규진   아버지도 집안에 앉아 있으면 엄마 생각 많이 하셨겠지. 그러니까 밤 늦게 술에 취해서 들어오시고.

규만   그때, 우리 둘이 집 보다 비 왔을 때 형이 엄마, 빨래 다 젖어요. 그랬잖아.

규진   (나지막하게) 엄마, 빨래 다 젖어요. 비는 오는데, 엄마는 없고 빨래는 다 젖고.

규만   우리가 뛰쳐나가 걷었잖아. 아버지가 니들 뭐하는 거냐고 소리 지르셨지.

규진   그날 아버지 진짜, 술 많이 드셨는데.

규만   집을 다 때려 부수는 줄 알았어. 형이랑 나랑 무서워서 저 방에 숨어 있었잖아. 아버지 아침에 일어나서 우리한테 물었잖아.

규진   규만아, 규진아 여기가 어디냐? 너랑 나랑 훌쩍대며 우리 집이에요, 아빠 했더니 우리 둘 끌어안고 막 울었잖아.

규만   … 이사 가던 날, 이삿짐 트럭 짐칸에 앉아서 골목을 빠져나가는 데 꼭 엄마랑 헤어지는 것 같았어.

규진	난, 아버지가 왜 자꾸 여길 오고 싶어 하는지 알겠어.
규만	가장 행복했던 곳, 가장 슬펐던 곳, (상자 보며) 그래서 못 잊는 거야. 맞죠, 아버지?
규진	(상자 보며) … 오늘은 이상하게 조용하시네.
규만	아까 차 세우고 열어봤어. 아기처럼 곤히 주무시더라.

규만의 전화벨 울린다.

규만	(전화 받고) 예, 팔팔사팔 맞는데요, 차요, 예, 지금 나갈게요. (끊는다)
규진	왜 차 빼 달래?
규만	어.
규진	(상자 보고) 잠깐은 괜찮겠지?
규만	아버지, 저희 잠깐만 나갔다 올게요.

규진, 규만 나간다.
상자, 들썩거린다.

아버지	(목소리) 규진아! 규만아! 규만아! 얘들아! 아빠 왔다. 규진아, 규만아.

조명, 꺼진다.
한편에 봉주, 설찬 등장한다.

봉주	(들어오며) 많이 기다렸니, 설찬아?
설찬	조금. 봉주 아니… 이제 누나라고 불러야 하나.

봉주 야 그… 기숙학원이란 데 지낼만해?

설찬 친구 자취방, 거긴 살만해?

봉주 그럭저럭. 대학로랑 가까우니까. 차빈 안 들더라.

설찬 집엔 안 들어갈 거야?

봉주 당분간. 나도 다 컸는데 이제 독립해야지. 야, 넌 그러고 다니면 안 춥냐? (목도리 풀어 설찬에게 둘러준다. 설찬, 봉주를 안는다)

봉주 설찬아, 나, 오늘 오디션 떨어졌다.

설찬 지금, 그 얘길 왜 해.

봉주 로미오를 보는데 막 눈물이 나는 거야. 로미오 얼굴에 눈물이 뚝뚝 떨어졌어.

설찬 이번엔 울다 떨어졌어?

봉주 아니, 웃다가. 콧물까지 막 떨어지니까. 로미오가 더 이상 못 견디고 일어나더라. 죽은 로미오가 나 보고 넌, 탈락이다, 무조건. 그때부터 웃음이 터지는 거야.

설찬 뭐가 웃긴데.

봉주 가슴에 칼 꽂고 독약 든 오백까지 완샷 한 사람이 살아났잖아. 어? 살아났네? 웃긴 거야. (웃는다) 방금 전까지 무지 심각했었는데, 죽은 줄 알았던 사람이 벌떡 살아났잖아. 나, 줄리엣이잖아. 얼마나 반가워. 이렇게 얼굴 볼 수 있다는 게.

설찬 그래… (사이) 두 분, 행복하게 잘 살아야 할 텐데.

봉주 걱정 마. 안 그러면 내가 가만히 안 둘 거니까.

암전.

7장

중개인과 치킨집 빨간 목장갑을 끼고 상자 들고 나타난다.

중개인 이 방에서 내가 살 거라곤 상상도 못했는데.

치킨집 왜, 나는 이 집을 예전부터 마음에 뒀었는데.

중개인 난, 사실 좀 그랬는데.

치킨집 뭐가요?

중개인 이 집에서 귀신 나온단 소문도 있고.

치킨집 나오면 어때.

중개인 귀신 나오는 집에서 어떻게 살아요?

치킨집 내가 있잖아.

중개인 닭살스럽게… 이 양반이.

치킨집 그 귀신이 누구 해코지하는 것도 아닌데 같이 살지 뭐.

중개인 이 양반이… 그래도 신접살림인데…. (상자를 정리하다) 이
         건 봉주 옷이네. 봉주한텐 연락 없어요?

치킨집 온다고 했는데… 설찬이는요?

중개인 전화길 꺼뒀네요.

치킨집 … 차차 나아지겠죠. … 방이 냉골이네.

중개인 보일러 돌리면 차차 훈훈해지겠죠. (창 밖 보며) 어, 눈이
         내리네.

치킨집	(창가로 가며) 첫눈이네.
중개인	(창으로 가서) 첫눈 오는 날, 이사 하면 부자 된다는데.
치킨집	저기, 산도 보이네. 경치 좋네.
중개인	이 방을 뻔질나게 드나들었는데, 왜 몰라봤을까? 하긴 그때야 물건으로밖에 안 보였으니까.
치킨집	난, 내심 이 집 안 나가길 바랐는데.
중개인	뭐요? 내가 얼마나 이집 땜에 속 태운 줄 알면서.
치킨집	알죠. 그런데 이 집 올 때마다 우리들이 여기서 같이 살면 얼마나 좋을까, 생각했거든.
중개인	… 진작 말하지. 나, 속 끓게 하지 말고.
치킨집	이 방도 그동안 제 짝을 못 만나 속상했겠지.
중개인	그럼, 사람이 살아야 방이지. (팔짱 끼며)
치킨집	(어깨에 팔 두르며) 근데 만약 방에도 꿈이 있다면 뭘까요?
중개인	그건 왜 궁금한데요?
치킨집	오래오래 우리 살 보금자리니까.
중개인	나 말고 방한테 물어야지.
치킨집	방한테? (창 내다보며) 눈 한번 진짜 펑펑 오시네.

중개인, 치킨집 퇴장한다.
무대 서서히 어두워지고 스카프를 두르고 단장한 도우미, 나타난다.

도우미	(구두 벗으며) 얘들아, 엄마 왔다.

작은방 문 열린다.

도우미   아직 안 잤어? 엄마가 늦었지. (사이) 크리스마스 선물은 산타할아버지가 주시는 거지. 눈이 오니까 차가 막히더라. 엄마가 올라오다 귤 사왔어.

안방 문이 열린다.

도우미   당신도 와서 귤 먹어요. 올라오다 당신, 생각나서 사왔어. 규진아, 규만아. 니들도 귤 먹어. 귤이 참 달아.

암전 후, 방의 꿈.
규진, 규만 어머니 곁에 앉아서 귤을 나눠 먹는다.
호림, 시집을 끼고 나타나고, 법복을 입고 부케를 든 언주.
둘은 팔짱을 끼고 결혼행진.
작은방에서 치킨집 앞치마 두른 설찬, 뛰쳐나오면, 봉주 쫓아간다.
안방에서 치킨집, 중개인 나온다. 배에다 귀를 대본다.
다들, 산 쪽 보며 환하게 웃는다.

김나정 희곡집 1

초 판 1쇄 인쇄일 2014년 10월 15일
초 판 1쇄 발행일 2014년 10월 20일

지은이   김나정
펴낸이   이정옥
펴낸곳   평민사
          서울특별시 서대문구 남가좌2동 370-40
          전화   (02)375-8571(代)
          팩스   (02)375-8573
          평민사(이메일) 모든 자료를 한눈에 —
          http://blog.naver.com/pyung1976

등록번호   제10-328호

값   14,000원

ISBN   978-89-7115-605-6   03800

· 이 책은 대산창작 기금의 지원을 받았습니다.